瑕疵人型

林新惠 著

〔推薦序〕

收斂美學

紀大偉　政治大學臺灣文學研究所副教授

林新惠是個收斂的人。我初次遇到她，是在政治大學臺灣文學研究所。一開始，她在課堂很安靜，很隱形。我很晚才察覺她從事文學工作的潛力。拙作《同志文學史》（二〇一七）得以完成，當時還在念碩士班的她是最大功臣之一。除了校對書稿之類的微觀工作，她更提供巨觀的評估：偵察篇章之間的邏輯、衡量段落之間的節奏。《同志文學史》的詳盡索引（即，哪個專有名詞在哪一頁出現）就是由她彙整而成。讓人驚訝的是，她在大學時代竟然不是文學科班出身。我並且後知後覺：她也寫小說。

我洩漏這麼多林新惠「個資」，就是要因應她自我收斂的傾向。自我收斂（例如，不留下網路足跡讓人找到）是網路時代的一種自我保護之道，但是對於她的小說讀者來說畢竟不方便：如果一篇小說的作者潔身自愛，幾乎不洩漏個資、幾乎不讓人知道她的生命故事，那麼，讀者怎麼知道這篇小說的作者是不是人類？讀者要怎麼知道，文本是不是由人工智慧大數據寫成？這年頭，便利商店賣芭樂柳丁，果皮上都還貼了報告生命故事的貼紙，水果都比人類更加人類呢。

遙想當年，法國理論家羅蘭．巴特在一九六八年傲嬌指出，「作者已死」——巴特身處民眾還無法想像人工智慧的年代，當然不擔心人類被人工智慧取代，只擔心作者多得死不完。但是我們身在二〇二〇年，一旦收到陌生人求愛的手機簡訊，大致會認定訊息來自很低階的人工智慧詐騙軟體，而不會相信訊息來自知名不具的活生生詩人。在人工智慧可以量產文學文本的今日，我們有時候可能要策略性挽救人的味道，稍微調整「作者已死」一說，改成：「作者沒死透，只是收斂」。

在林新惠第一本小說集《瑕疵人型》，我發現至少三種收斂的傾向。首先，不大用典；其次，不大科幻，再者，不大得志。

許多第一次出書的作家喜歡在作品塞入典故，甚至塞到爆滿也不罷休，還動用「文本互涉」之類的藉口給自己壯膽。這些作家以為，在初出茅廬之作到處堆疊讓別人看見的彩蛋，例如深奧外國文學書名、冷僻藝術電影標題，一方面可以讓讀者覺得作家享有百科全書式的博學，另一方面可以讓認得這些彩蛋（認得這些藝文珍品）的讀者跟作者心心相印。我的少作，科幻小說《膜》（一九九六），就是這種文本；書中典故多得讓今日的我以為在逛百貨公司，或者，逛蝦皮。隨著我年紀漸長，我越來越抗拒在小說內浮濫啟用典故（結果導致我自己從此寫很少小說囧），不想再藉著這種濫發彩蛋的手段向讀者宣告我自以為博學、跟讀者不熟裝熟。但是林新惠跟當年撰寫《膜》的我截然不同：她盡量不啟用典故，儘管我明明知道她熟悉的科幻知識遠超過許多文學人。用個俗氣的比喻，林新惠好比坐擁好幾個柏金包，但是卻只帶「政大書包」出門示人。她書中唯一明顯啟用典故的小說幾乎只有〈Hotel California〉這一篇。

除了〈Hotel California〉、〈Lone Circulates Lone（LCL）〉、〈剝落〉等

等幾篇是明顯的科幻小說之外，整本小說集的科幻比例遠低於我的預測。我猜測，《瑕疵人型》沒有大規模兜售科幻的原因之一，是林新惠出門故意不帶柏金包的傾向。之二，是她以青年文學研究者身分提出的一種看法：她不一定要在符合嚴格定義的科幻文本裡頭才看得到科幻；她也可以在看起來不大科幻的文本裡頭看到科幻。嚴肅一點講，她認為科幻具有「普遍性」（universality），而非只有「特殊性」（particularity）：科幻可以在各種文本裡頭「普遍」存在，並非只存在於「特殊」文本中。（林新惠慷慨同意我釋出一個訊息：讀者可以自行上網，到「臺灣博碩士論文知識加值系統」網站，尋找林新惠的碩士論文來看：《拼裝主體：台灣當代小說的賽伯格閱讀》，二〇一六）。不過，雖然林新惠很收斂，《瑕疵人型》還是展現了一些讓人莞爾的科幻把戲。例如，書中有個充氣娃娃，竟然會做飯給男主人吃，而且還會「爆漿」。書中還有一篇小說談「科技婚姻」：用來取代「傳統婚姻」（由真人和真人組合的婚姻）的新發明。在小說中，由真人組成的婚姻是不環保的（因為組成成員都是有機體，壞了也不能重複使用）但是由人造物（例如塑膠娃娃）參與的科技婚姻才是環保的（人造物畢竟可以回收再製）。如果科技婚姻真的實現，我想許多固執的單身者應該很想要向（搭配多種社會福利的）婚姻制度臣服吧。

這本小說集讓我意外的第三個傾向，在於對「不得志」的執迷。「年少輕狂」之類套語經常貼在年輕作家的作品上，但是這種詞在林新惠書中毫無立足之地。此書羅列眾多不同性別、不同年紀（但年紀偏長）的不得志角色。她們、他們大致落寞、孤獨、身體不舒爽，失去人生鬥志，很窮。在比較科幻的故事中，這種不得志角色大致從高科技產品中得到一些慰藉；但是，在其他並不鮮明突顯科幻的故事中，不得志的角色往往就自己一個人無助頹唐，困坐愁雲。我不時很幼稚猜測，小說家是否會在故事結尾祭出一個科幻機關，扭轉不得志角色的困局呢？結果，小說家往往菩薩低眉，不輕易提供救贖。

收斂是一種難以拿捏的功夫。如果一個活人的表皮收斂了但是肉體維持原狀，那麼肉體就會撐破皮膚；反之，如果人的肉體收斂了但是表皮維持原狀，那麼表皮就會淪為累贅的皺褶。如何在撐破與皺褶的狀態之間取得收斂的平衡，是《瑕疵人型》難得的手藝。

〔推薦序〕

冰凍三尺處的小說家林新惠

張亦絢　作家

最容易進入林新惠小說集《瑕疵人型》的，我想，是讀過福克納〈給愛蜜麗的玫瑰花〉（A Rose for Emily）的讀者。

在一開始就提到福克納「名篇中的名篇」，並不是要說在新惠與福克納之間，一定存在有師法的關係。我也不貿然猜測，新惠在下筆時，一定想到過這個短篇。福克納是宗師級的小說家，即便是在其他文學作品裡，他的影響也多有滲透。我想說的是，一方面，比如密室、「平淡中見自然」的死亡與「不流血的謀殺」、漫長的寂寞或「似情愛非情愛」的「活人與死物」辯證，這些「福克納．愛蜜麗」式的元素，對了解林新惠的精神語系，頗能提供助益；另方面，我也想點出這本小說集，在文學創作上的嚴謹與高度，畢竟，能令人想起福克納，這種發現，是令人極度欣喜與讚歎的。

詩人騷夏曾言：「只有一種性別是不滿足的。」我看到這行字的時候，馬上在心裡回話：「光是一種性別都太多餘了。」我當然不是在反駁騷夏，而是用另一種方式，將矛頭指向同一個問題。「不是太少，就是太多，從來不是剛剛好」的「性別體制」，是繚繞在《瑕疵人型》多篇小說的另一股線香。姑且稱為一種「泛酷兒的五感」，不斷地將被視為「理想或自然」的固化性別秩序褪色去光，讓我們看見人們如何在其中「削足適履」或「鋸箭療傷」——分成三輯的小說集，在最後一輯中只有兩篇，但扮演了類似地平線的角色，也是唯兩篇以「我」為敘述人稱的書寫。在〈Hotel California〉一篇中，性器與肋骨等長，肋骨是度量衡的基準，進而還是 Isa 的語言。「當 Isa 將我的肋骨放進她的身體裡」，「我」就「消散成我的失語」。

肋骨的「單位」與「組裝」特性，並不只是巧妙反諷「兩性起源」的奠基神話。這個眾所周知的神話聲稱，先有了男人，而後上帝從男人那摘了一根肋骨，做成女人。在小說的複寫裡，作為「女人」代表的 Isa，取代了上帝的造物主位置，肋骨也被明示為「等同性器」，還是組成「語言」的單位。新惠寫來不慍不火，我讀到時，不禁「哎」的一聲讚歎，覺得這裡是「打蛇打到七寸」了。

這裡有必要停下來說一下，「語言」兩字在討論這本小說時的複雜性。語言有自然語言與人工語言之分，前者指得是比如臺語或德語這種語言，後者則有部分專指為讓機器運作而發明的語言，如電腦的程式語言——儘管人工語言早於電腦存在。在對人工語言的熱愛裡，存有一個傳統，就是相信，透過開發人工語言，可以革除在使用自然語言時，存在的壓迫，其中包括性別的。相關辯論爭議複雜，此處不擬深入，惟理解這一背景，對小說集的延展性，可有更多認識。

在首篇〈一具〉中，「一次性人類」的「遠大前程」，在預言與理論裡都「倡議」多年——興致勃勃地希望以人機共生取代人際，甚至將人類繁衍轉移成「教養」機器，這已是半個現在式。對「手機如奶瓶」的新新一代，自然語言是否會被削弱到瀕危狀態？人機關係取代人際關係會怎樣？〈佑佑〉裡，沉醉於掃描建檔「母子共同記憶」的女主角，與兒子的實際關係遞減到比送便當還低——但這現象不是簡單的「時代病」。「擬情」：親人（或路人）作為「想像感情」的「玩偶」，而非可以有預測之外反應的人類，這個「慣感」無法超過「擬態」成為「真實感情」的問題，遠比電腦久遠——「機器」不待發明，只要「自動性」（不假思索）高過「內省性」，人類「本來就很機器人」。

整本小說裡，自然語言已經很邊緣了。出現時，多是要求履行「義務」的命令式，即便花巧迂迴些，也不會免除其中的命令意味，因此，我們可以說，自然語言也不特別值得或有必要說了。最接近自然語言溝通意圖的，或許是像〈一具〉裡面的老師質疑男主角時——但對話不會真的發生，因為男主角認為「老師是系統外的人」。「系統」也是貫串小說的概念，但不一定有ＡＩ介入，有沒有線上積分，把系統當成歸屬，之所以讀來驚人，是因為這種依賴與他律型態，原就潛伏在人身上。

對照〈剝落〉與〈安妮〉兩篇「購買人形」的小說，會很有意思。〈安妮〉的男主角想要「良伴」可以進一步成「真人」，〈剝落〉開始雖然狀似驚悚地「掉了一塊肉」——但整篇讀畢，就會知道，這種同時兼有「肉身缺損或未完成」的感覺，對應的也是當前我們簡稱為「逆性別」或「跨性別」，深層意識中的憂傷。不被看見，不能言語，「我們早就不被當成人了」——小說諸篇中的主角，如果能發出心聲，大概會是這樣吧——當每個主角攀附著「物」來實現自我，既非只是怪癖，也不全然可悲，仍然是「有人」在「找人」——可以寫到這個境界，是非常了不起的。

無論是在〈跳舞的 Kuma〉中，看著「眾人的大玩偶」Kuma 大頭「想換人生」的貧窮男；在〈電梯〉裡，逃不開打排卵針樓層的女人，凝視被戳壞的其他樓層按鈕；或是〈馬路〉中，朝陽升起前，有著「堅固夢想」的男人——這幾篇都不只技巧沉穩有新意，一種更接近超現實的筆法，也讓「個人的癡迷」與「安靜的瘋狂」，具有「人在臨界點」之「最後一戰的重要性」——了解寂寞，要用寂寞的方法。也正是如此，各篇並不指向單純地為邊緣說話或輕易的關懷。所有被遺忘的密室啊，有牆的或無牆的，此處全是中心，都為重點，因為小說家，小說家是不為系統服務的。

〈馬路〉雖短，但技巧奇佳。篇幅較長的〈剝落〉與〈虛掩〉，就更展現了寬裕的表現空間，不似其他各篇較著重系統回收力的強大——比如〈安妮〉的結尾，力道十足，但沒那麼光潔的他篇結尾，更有奇異觸角。兩個出現「性別不系統」人物的小說，〈剝落〉看似慘烈，但我看到結尾「我好冷，好冷」時，我馬上心道「我很高興妳冷」——不是我不哆嗦又壞心，而是那才是一個「起點」，是不只「用行動轉移感覺」，「用形象取代肉體」的時刻。〈虛掩〉值得一提的是「轉性」（陽轉陰）中的父親，他「懂得困惑」——不是接不接受，而是「困惑」也是對自己與非己的尊重，結尾他寧以自己的胡言（「妻回來了」）擔保女兒的空間，那種感情的幽微與承擔，也是人的表徵。

卡夫卡曾言：「書應該扮演那把用來敲碎深藏我們心靈內在的凍海的斧頭。」劈砍不難，最難的是沉入凍海。「冰凍三尺，非一日之寒」——我很高興能夠推薦這本《瑕疵人型》，推薦這位具有慧心與能耐沉入凍海的作者：林新惠，冰凍三尺處的小說家。

推薦序

收斂美學——紀大偉 003
冰凍三尺處的小說家林新惠——張亦絢 009

一具 021
Lone Circulates Lone（LCL） 045
安妮 051
跳舞的Kuma 073
馬路 083
說話 087
虛掩 091

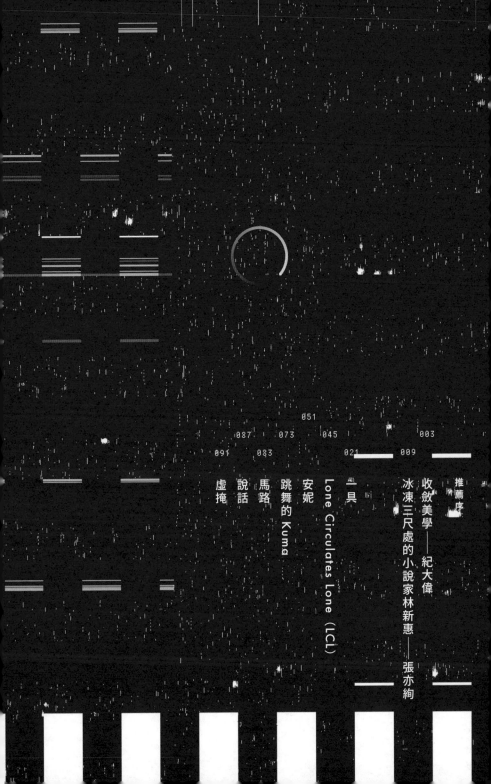

201	181	165	159	155	131	129	117
你說	佑佑	行李箱	電梯	旅館	小物	剪	剝落

假花 219
Hotel California 223
後記——瑕疵無處回收 247
致謝 251

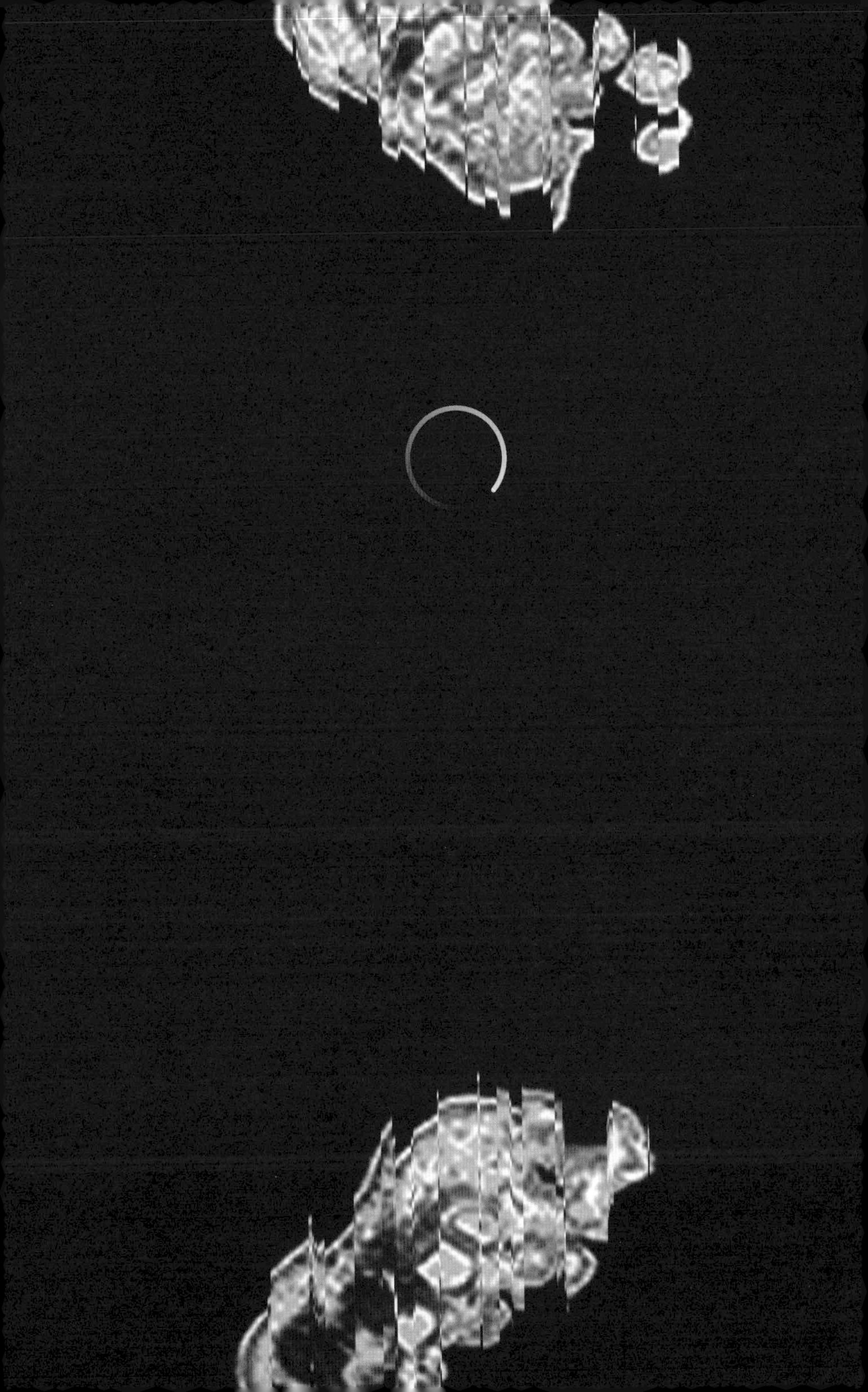

一具

他有一具沉睡的妻。

妻的身體似乎沒有一點重量，床鋪和枕頭不曾有過凹陷。妻的軀殼彷彿沒有一點實體，有時他感覺能撫觸她的臉龐，有時又看著自己的手穿透她的面頰，在枕頭留下掌印。如此輕盈，如此透明，沉睡的妻仰躺他的右邊，雙手交疊胸前。

自從他隻身一人到系統前宣誓，回到住處，床邊就多了妻。而他的床頭櫃，除了眼鏡和手機，還多了一枚戒指。每一天起床，他關掉手機鬧鐘，戴上眼鏡，接著便在左手無名指套住戒指。銀白的戒指內緣，銘刻他的結婚紀念日——一組日期；還有他的結婚對象，他的妻——一組ＩＰ位址。年月日與ＩＰ位址，一串數字環成他的指圍。每一次戴上戒指，他便感到麻癢癢的，彷彿那串數字爬成一列螞蟻，從無名指竄進內心。那樣被戒指輕輕嚙咬，讓他每一天都在練習婚姻的體感。婚姻這樣抽象又如此切身，只是手指上從空無一物到一圈環戒，就讓他的日子不再相同。

我是好男人、好丈夫、好父親，忠誠、養家，是我的責任。每一天，他如此複誦這句曾在系統前宣誓的臺詞。一句字詞，像數字鏤刻於戒指，鏤刻在他的心上。

他為自己的選擇付出代價，但也因而得到收穫。例如，自從左手無名指戴了戒指，他的出勤系統就多了一個可以請假的選項；他的薪水多了一些，許多同事羨慕他；在公共場合當女性看見他的戒指，會對他禮貌微笑。不過，他也必須遵守比他人更規律的作息。固定時間起床、睡覺、上班、運動。維持最佳的身體機能和心靈狀態，才能保有生產的基礎。此外，他也得在任何細節處都保有絕對忠誠。一個月只能有一次下班後的社交活動，而且只能是至少三人的聚會。不能在職場或任何公共場合距離女性近於十公分以內。必須小心調度每一句和異性的話語。他懂得一切都是交換，而在一個以有無戒指來安置人類價值高低的社會中，他情願以一些自由換取高一點的位子。

就如同那些新增的薪水和假期，讓他如今可以醒在更高更寬的房子。今天他一如往常起床，戴上眼鏡和戒指，再用戴戒指的手握一握妻交疊胸前的手。然後為自己張羅食物，走進孩子的房間。他會在上班途中順道將孩子送去學校。好還要更好，當了好丈夫好男人好父親一陣子，他正在努力成為完美丈夫、完美男人、完美父親。

他的孩子是毛絨玩偶。應該說，所有走進系統的男人，日子久了，偶爾會在妻子的下部找到一隻溽濕的毛絨玩偶。進入系統前，當他聽說這事，會事不關己地調侃，這簡直像從前養雞人家每天早上從雞屁股底下翻出一顆雞蛋。但是進入系統後，當他第一次赫然撞見一隻毛髮濕黏的小狐狸玩偶，瑟縮靠著妻的下體，他連調侃的心情都沒有，只有對於生命的感動。後來妻接連生下一隻粉紅小豬，一隻白色小河馬，他仍然像第一次一般在同樣的情緒中流淚。他有時會猜，是當他在系統前宣誓的時候，他體內的程式碼就被改寫，從一個喜愛調侃的體制外男人，成為一個從心情到行為都符合體制規定的男人。他不確定是系統決定了他的心情，或是他自己因為選擇這個身分而有這樣的心情。但那也許不是最重要的，重要的是每當他流一次眼淚，他知道自己就更像一個愛妻愛子的完美父親。

孩子出生一段時間後，他得帶他們去上托嬰所，更大一些就是幼兒園和小學。三個孩子讓他每天上班前必須先跑三個地點，時常趕不到出勤時間。但身為系統的一員，他比別人多一些上班的緩衝：只要在打卡機前報備他有婚有小孩，公司系統便自動改寫他的出勤。戒指和絨毛玩偶給他特權，這些細小的高人一等的感覺，讓他從不質疑系統。

唯一會讓他思考系統的人，是托嬰所的老師。有一次他把最年幼的白色小河馬交給老師，老師一如往常接過，手指輕輕理著小河馬頭頂上一小撮毛髮。順口搭了幾句，「先生家裡另外兩隻，都上小學了吧？」

「沒有，一個還在幼兒園。」

「這樣啊。我家孩子，最近也上幼兒園了。」

「喔老師也有小孩嗎？」他忽然起了興趣，「是什麼動物呢？」

「哈哈，是人類。我和女人生的。」

他心裡有點底了。原來老師是那些搞真人後代的。他曉得有這麼一群人，但還沒真的碰過。

「我不想進入系統。」老師接著說，「這些玩偶是很可愛，但它們不會長大。它們從出生到現在都一個樣吧？」

他點點頭。

「它們也不會和你互動吧？」

他點點頭。

「妻子也不會和你互動吧？」

他點點頭。

「但女人會。」老師下了結論。他點點頭。他知道這些搞真人後代的，沒有辦法使用「妻子」的稱呼。在他們的時代，「妻子」只屬於在系統宣誓過後，被分配到床旁的那個存在。而他，他是相對於妻子的存在，好男人好丈夫好父親。

老師說的都沒錯。他在離開托嬰所往公司的路上想著。但只是為了有一個能互動的對象，就選擇不進入系統嗎？不進入系統，就沒有戒指。他走進由人工智能控管的門衛窗口，為自己的遲到再說一次理由，並將左手無名指放進打卡機的孔洞。門衛系統掃描無名指上的戒指，比對他的話語、車牌和行車路徑，以及婚姻人口資料庫，查核無誤之後勾銷他的遲到，讓他坐進專屬的獨立工作間。

他隔著窗門，望見那些沒有戒指而只能縮在隔板間的同事。互動才不是重點，他一面對自己想，一面以右手撫摸左手無名指，那手勢像反覆為自己戴上戒指。

有系統可以依靠的生活才是。

＊

在他的成長過程中，這世界的人口結構起了根本性的變化。生育率下降和人口老化已經不是最迫切的問題。從科學家到社會學家，都將問題轉向人類本身。人類如果要讓自身乃至整個世界繼續運轉，就必須反其道而行：不是努力繁衍，而是降低生孕。既然人類消耗太多地球資源，那麼人類就有義務讓自身「環保」。一而再、再而三生產「一次性」人類，就像一而再、再而三生產用過即丟的塑膠袋一樣，是浪費資源。所謂一次性人類，就是如今現存的，只有從出生到死亡這樣一條路的人種。

「原始的生孕是不環保的，」他記得自己看到法案通過的那天，巨大螢幕牆上他不記得名字的政府高官對大家宣導，「從今以後，我們鼓勵科技結婚和科技生孕，就像用電子書取代紙本書。」

採用科技結婚和生產的人，可以擁有許多體制上的好處。減稅、升遷、加薪、休假、當然還有那個法定的指環。舊制婚姻雖然沒有廢除，但也幾乎無效。在系統中，舊婚的人不是官方認定的「已婚者」，而被註記為「登記者」。成為登記者幾乎沒有特別的效用，頂多只能保障生出來的小孩是這個世界認可的人口。因此，慢慢地，除非有小孩，否則許多舊婚者，不再向戶政機構登記。他們逐漸成為體制外的人。

「告別不環保的有機體！」法案普及，相關建設也完善的時候，像這樣的標語同他的青年時代一起陳舊。那時他已見識過男性的身體，也擁抱過女性。有時候是VR，有時候是現實。不過似乎沒有什麼比人生階段的遞換更加真實。到了他這一代，如果想要有自己的房子，而不只是自己的房間，勢必要加入科技婚孕系統。

「你們知道電子雞嗎？」已經加入系統，一個月可以有一次聚會額度的，他的學生時期死黨，向他們這群好友演說。「聽說很久以前有這樣的玩具。一個比手掌還小的機器，裡面有隻寵物。你就幫那個寵物把屎把尿，餵食放風。」

他點點頭。

「科技結婚大概就是這種感覺。」死黨的無名指上，戒指煥散啤酒色的光芒。「說簡單也沒太簡單，但真要說困難嘛，其實也還好。」

「習慣就好。」最後這四個字和著飽脹的酒氣滾落。

在他前往系統的路上，他會斷斷續續想起死黨的這四個字和渾身酒味。那時死黨幾乎不再出席聚會。據說科技結婚越久的人，社交時間會逐漸變少，趨近於無。儘管系統有調撥社交額度，實際上真能使用的條件非常有限。

一切都電子化、數位化、去實體化的年代，系統卻仍然巨大又具體。法案通過後，市政廳廣場拆除重建，一面高牆像巨獸甦醒般立起。那是深黑色的運算機，上頭滿布無數光點，站在高牆之前，視野所及皆被牆面填滿。剎那他以為這就是暗夜中的宇宙和星空。他跟著人流選了一個宣誓處排隊，看著前面的人一個一個走進透明長方體，而後那黑暗的運算機上，原本沒有發亮的一點，便突然向長方體裡的人射來一道光束，上下掃描，最後停在那人的無名指。如果是生理男性，光束停在左手；如果是生理女性，光束停在右手。與此同時被掃描的人會抬頭唸一句誓詞。

整整不到一分鐘的時間，走出透明長方體，就成為另一個身分。回到家，望著床上那透明彷彿幽靈的妻，感覺仍然不真實。

他無法明白促成這一切的技術條件是什麼，忽然就躺在他床上的那一具女體又是什麼。有人說其實現在每一個住處內部，都配有通往中央系統的光纖，所以妻子就是藏在牆壁裡頭的３Ｄ投影。也有人說這當中的難以解釋，正好說明了這個世界其實是個虛擬遊戲，而我們都只是遊戲角色。如今每個人感受到的、經驗到的，都只是遊戲程式的運作。因此總有些活在遊戲當中的我們這些角色永遠無法參透的事物。

卻也是那樣的無法參透引誘他靠近。顫抖地，像是擔心戳破細嫩泡泡般地，伸手撫上妻的臉龐。他摸過活生生的人體，所以非常明白，妻不是那樣的存在。但也幾乎沒有話語能夠形容妻。感覺像是隨時會消失的薄膜。妻穿著一體成型的睡衣，貼出身體的形狀，他沒有打開妻的衣服，甚至不確定能否打開。但他的手勢仍然行走到妻的下身，那裡的涼冷意外使他燥熱。他輕輕進入妻，隔著透明的妻竟能望見自己勃脹的肢體。有點像他曾經玩過的VR性愛，看得見、有動作、但體感非常稀薄。他非常小心地動作，緩慢得近乎靜止，直到體液濺出，那瞬間他不覺得是賁張的快感而是讓人軟弱的溫柔。

體液在床單上擴散，被沾濕的深色床單，似乎讓透明的妻看起來多了一些實體肉身般的血色。後來他才明白那不是床單的顏色，而是系統的積分：只要履行丈夫的義務和責任，諸如行房、照護、工作、打掃、精壯體格，或是任何

「愛的行為」如親吻和撫摸，妻子就會變得更像實體；相反地，如果許多時日沒有以行為證明自己曾在系統前的誓約，妻子就會越來越透明，近乎鬼魂。

結婚之後一年，他沉睡的妻，如今像童話故事裡被封印在玻璃櫃中的美麗公主。原本冰冷的透明，現在反而讓又白又粉嫩的皮膚看起來像多了一層水膜。唯一不如童話故事的，是他的親吻從來不曾使妻甦醒。他不確定自己想不想要妻醒來，只是每一天規整而近乎強迫地重複所有行為：晨起，戴戒指，揉揉妻的手和輕吻妻的額頭，料理早餐，帶孩子上學，自己上班，下班後去健身房，接孩子離校，安頓孩子，一個個親吻它們的絨毛小腳，打掃家裡，洗澡，輕柔地做愛，換洗床單和衣服，再擦過一次澡，裸著身體進被窩。

每一件事情都有可以被預期的時間，每一段他投入心力的時間都能代換成讓妻子更美的積分，每一次妻子更加容光煥發的時候，都讓他更加確定，「我是好丈夫好男人好父親」。他拔下戒指，放上床頭，像是睡前禱告一般又複誦一回。房間暗去之時他的心裡特別清晰，雖然不曉得其他人家的妻子如何，但他的積分一定是數一數二優秀的。因為在黑暗中，除了高樓窗外透進城市的夜景，另外的光源就是妻子那螢光的身軀。她看起來像真人，而每一天的按表操課讓他感覺真實。舒適的空間、優渥的工作、美麗的妻子，每一晚沉入睡眠之前，他都萬分慶幸自己選擇了系統。

*

婚姻積分指南並非官方出版品，而是進入系統的人形成的線上社群。大家分享新發現的尋求積分的方法，或是印證某人的方法有用，彼此鼓勵互相監督。大部分的說法都是，如果你的結婚對象是女性，那麼你要盡可能男性化，因為那樣會讓系統迅速辨識你與結婚對象的差異，進行參數比對後得到更多的差距值，而那個數值就會變成更有效率的積分。因此他按照婚姻積分指南推薦的男性造型型錄，選擇最男性化的裝扮：硬挺的西裝和皮鞋，有層次的短髮，有秩序的蓄鬍，切勿化妝否則不合型錄中最男性化的教導。另外他非常有意識地在會議中、在和他人的互動中，露出左手的戒指，因為那可以對外展現他的身分與忠誠。除了家務和照顧妻孩的行程，在他隻身在外的時候，這些小舉動，都能透過戒指感應，形成積分，傳輸到房裡的妻子。他恪守一切，不偏不移。

將最近新出生的黃色小馬交給托嬰所老師時，他一如往常特意將左手放在小馬背上，以利讓老師見到戒指。卻是在他們的雙手如同鏡子般各搭著馬背一側時，他忽然驚覺，自己的無名指變短了。

無名指的指頭，大約在指甲根部僅存三分之一的地方，像是被人硬生生截斷一樣，消失了。

「老實說，」老師的聲音讓他猛然回神，下意識把左手放進口袋。

「我覺得科技生孕像極了家家酒。」

他沒有點頭，只是驚訝看著老師修長淨白的手，來回撫摸小馬。

「只是把永遠長得一模一樣的玩偶送到名為托嬰所、幼兒園、小學的機構，機構裡的我們，只是把它們擺在一格一格寫著家長名字的置物櫃裡，等你們下班取回。我無意冒犯，但這一切到底是為了什麼呢？」

老師不是第一次說這些了。如果是以往的他，大概會不置可否地笑笑離開，而後在上班途中不輕不重地想：說是這樣說，但老師不也依附這些因應系統而建立的機構，領著系統給的錢嗎？他不會當面反駁老師，不是因為禮貌，只是因為老師是系統外的人。

但此刻的他，盯看老師沒有戒指的手，平整乾淨的指甲，忽地有些怔忡，甚至被那樣的怔忡給迷惑。他悄悄在口袋裡握緊左手，藏起手指，彷彿老師的眼神能夠穿透他的西裝褲，看見裡頭那變短的無名指。

他倉皇轉身，躲到車上，雙手合攏來回比較。沒錯，不是錯覺。左手無名指真的變短了。少了大部分指甲的無名指，像是殘缺的斷肢。他想起方才托嬰所老師完美無瑕的手指，忽然覺得自己的醜陋不堪。

什麼時候開始？為什麼？

剛剛那樣迷惑的瞬間，又是什麼呢？

那天晚上他一打開臥房的燈，立刻就察覺，妻的膚色蒼白了一點。積分變少了。明明平常該做的一切，他什麼也沒遺漏。他因而慌亂爬到妻的身上，努力使自己能與妻做愛。因為不是平常的從容，他失了力道，有幾回他感覺下身整個陷入妻的軀體裡。妻仍然平靜閉著雙眼，柔軟安詳接收他的力氣。感覺妻的氣色回來一些，便疲憊倒在她身旁。沒留意就這麼睡著，直到隔天公司打來催促的電話。

他的生活忽然就這麼亂了。在托嬰所那樣不起眼的剎那，像一絲挑落的線頭抽散了整件規整縫織的衣服。

他遲到的程度超出系統的緩衝時間，且因為趕著自己要簡報的會議，無法送孩子上學，也疏於整理儀容。會議上他原本如常以左手加強演說的手勢，但剎那間他又想起那隻變短的無名指，只好刻意插在口袋。只是如此細微的習慣改變，就讓他的簡報沒了平常該有的流暢和自信。失常的表現引來同事關切，這又讓他在應對中，因為擔心左手無名指被看見，而費心藏匿。一天下來的閃躲讓他勞累得沒有力氣上健身房，回到家時也不再親吻孩子們的小腳。

他打開臥房的燈，更沮喪地發現妻子又失了一點光度。昨晚他勉力讓積分回復的體液，像他今天一日的徒勞一樣無效地蒸發。

當他要拔下戒指，先以休息重整自己的時候，近乎恐慌地看見自己的無名指，又縮短到只剩下兩個指節。他沒了指甲，手指的頂端只有圓凸的關節骨。

「怎麼辦？」他轉過頭，詢問妻子。

那樣下意識的轉頭和詢問，自從他的話語消散在沉默的臥房之後，便使他感到無比空曠。沉睡的妻不曾睜開雙眼，無法回答他的提問。

在那樣的瞬間，托嬰所老師的話語淹過他的內心，同時妻子的積分光芒又暗淡了一些。

*

他努力了。他伏在妻身上，努力進入、抽出、進入、抽出。日漸縮短的無名指像節節敗退的生活，他無能為力。面對妻子日益淡漠的顏色，此刻他做的，似乎是最後的抵擋和挽回了。

日子全亂了套。每天醒來，關掉手機鬧鐘，戴上眼鏡，接著拿起戒指，為自己的左手套上時，總是焦慮地顫抖。又比昨天短一些了。他為此耗費大量時間在婚姻積分指南中搜尋，在討論區中發問，但總是沒有結果。廣大的網路世界不曾回答他，一如妻和系統無盡的沉默。因為消耗太多時間在網路上，他時常怠惰早餐，也不再專注看著孩子，幾乎每天都因為趕上班而將孩子留在家裡。

他的工作效率降低，自然也是因為上班時間大多在用公司電腦尋求無名指的解方。他經常請假，為了去排各大醫院的門診，用光了進入系統換得的休假。然而每一次進入診間，他伸出每一次都更短一些的無名指，都只換來不同醫生的同一句話，「沒有異常」。他因為低效率和常請假而開始加班，好幾個月沒上健身房，身形走樣。他迴避看見軀殼疲軟的自己，很少照鏡子，不再勤奮打理外貌。

每晚回到家因為疲勞而不再料理家務，經過孩子的房間也不再打開房門和它們說說話。衣服和餐盤擁擠地堆積，大房子的每一個角落都聚集灰塵與頭髮。他在空蕩的家屋打電話給他唯一知道的，也進入系統的死黨，想問出答案，但對方從沒接過電話，也不曾回電。

他沒有辦法再依靠炫耀戒指取得積分：他總是藏起無名指。回到家，他把自己藏進妻子的身體裡。打開妻子的雙腿，沒有喜悅也沒有悲傷，只是為了求取一點點的積分，將每天最後的力氣溢散到妻子體內，濺上許久未換的床單。

臥房開始彌漫酸腐的氣味。臥房之外，整個家屋，都流淌著來不及處理的生活殘餘。那是日子敗壞的氣味，是他逐漸趕不上系統的氣味。

「我努力了。」此刻他在妻子身上，聲音在動作中斷續，「我是好丈夫，好父親，好男人。」他不斷喘息。然而他只能眼看好丈夫、好父親的積分不斷下滑，剩下如今他對妻子身體所做的，是最後一點好男人的證明。甚至也不算好，就只是，最底限的，化約為器官的存在而已。這是他最後能拿來兌換積分的所有了。

「妳有聽見嗎？」不知不覺，他提高話語的音量。「我說我努力了。」他頹敗的身體讓他無法維持平常挺直上身的姿勢，只能疲軟地撲向妻子的胸。他的雙手穿透妻子的身體，撐在床上，撐住自己。

從妻子已經褪淡為淺藍色的身軀，他看見自己的雙手，相較於右手無名指的完整，左手無名指只剩下最後一點指節。現在的手指，只比戒指高出一點點而已。

他很想再說一次同樣的話。儘管他明白那話語有多麼無效。而那沒有說出的話，醞釀成一股使他緊握左手的力道。在收束成拳頭的手上，至少有那樣短暫的時候，他不必看見戒指，也不必面對縮短的無名指。

他將拳頭抵著床，繼續努力進入、抽出、進入、抽出。他的汗水滴穿妻子的身體。他眼看妻子越來越透明，像在否定他的努力。近乎無意識地，在體液射出的同時，他舉高左拳，然後讓拳頭重重砸落。穿越妻子的胸膛，在濕透的床單壓成凹陷。

他知道自己忤逆系統了。徹底地。戒指感應一切，掃描他的內心，監測他的情緒。在他還沒能理清這些紛雜的感受之前，戒指已經將他的失語換算為數值，數值換算為積分的減少。睡前他摘下戒指，轉頭看見蒼白的妻，淡薄如隨時能被吹散的霧氣。他向妻子呢喃，「對不起不會再這樣了明天讓我重新開始。」

明天醒來，他會繼續努力，繼續戴上戒指，重新當一個好丈夫、好父親、好男人。

＊

這一天他醒來，希望一切重新開始，振奮地關掉鬧鐘戴上眼鏡。他決定不再為短小的無名指自卑，他要繼續炫耀戒指，重新執行換取積分的所有行為。

他望著落地窗外光燦的新的一天，不再焦慮凝視自己的右手正為左手戴上戒指。

他以為戴上了。他覺得右手的指尖隔著戒環套住了什麼。放開右手。清脆的，彷彿最珍貴之物脆弱碎開的聲音，刺穿他。

左手無名指完全消失了。連最後一點點可以戴住戒指的長度，都煙消雲散。戒指掉落大理石地，那細微的碰撞聲，像是他才剛重整好的自信輕易就龜裂的聲音。進入系統至今，戒指第一次落地。

他惶然跪下，撿起戒指，再戴一次。用力地，試著圈住最根部的關節，戒指扭壓他的皮肉他的骨。右手一鬆，戒指又掉落一次。再一次，又是一聲足以擊潰他的脆響。再一次。再一次。他很努力。重複一樣的動作彷彿一部機械被設定要如此持續到永恆。

直到他感覺有什麼動靜。

不，不是聲音。而是一種感應。一種儘管不在視線所及之處發生，卻能知曉的感應。那感應誘使他，緩緩地，近乎恐懼地回頭。

一雙眼睛平靜看著他。

沉睡而透明的妻，在他慌亂而毫不知曉的時刻，早已甦醒。

妻的雙手撐在床緣，側著身體看他。沒有表情，沒有聲音。只是看著。那樣的看，彷彿被看的人根本不存在。

他像是抓到最後的繩索，趕緊拾起戒指，挪動膝蓋，維持跪姿轉向妻子。他同時舉起沒有無名指的左手，和拿著戒指的右手。

「妳看，我想戴戒指，但是我的無名指消失了。我也不能戴右手，因為系統規定男左女右。」他哀求般地期待她能幫他什麼。

妻笑了。仍然沒有聲音，只是柔和微笑。她起身靠近他的左手，雙手闔住所有他的左手手指，似乎是憐愛的眼神看著她手裡的他的手。

透明的妻漫散光暈，讓他逆著光，沒辦法看見妻的捧握中，發生了什麼。事實上，他沒有感覺被什麼東西握著。如果不是親眼看見霧白如幽魂的妻的動作，他不會知道自己的手被包覆著。

妻鬆開手的時候，他看見自己長出了無名指。不是肉身的重生，而是和妻的身體一樣，透明又發光的手指。像一隻光的義肢。他震撼又喜悅，輕微地，像是動作原本的無名指那樣，試著傳輸挪動手指的指令到肉身末梢。

光的無名指像原有的一樣，聽從他的意志，彎曲，伸直。

他感激地來回看著妻子與新生的手指。妻只是維持靜默的笑容。

當真可以重新開始了。他仍然跪在床旁，因為激動而無比謹慎地，將右手中的指環靠近光的無名指。繼續炫耀戒指，累積積分，累積他在系統裡的自信，他會繼續兌現系統前的承諾。

戒指從指尖，走到第二個指節，直抵指根。他感覺到戒指內緣像一直以來的每一天，輕輕嚙咬他的手指。這個感覺讓他興奮戰慄。他鬆開右手。

戒指穿透無名指，從床上滑落地板。

方才和手指一起新生的笑容，逐漸鬆垮脫落。這一定是錯覺，他想。只是剛剛沒有戴好而已。

他連忙撿起，再度謹慎套上手指。再一次，穿透，墜落。驚愕與焦灼並未使他停止，反而不斷再撿起，再戴上，再撿起，再戴上。不知重複到哪一次的時候，一句話，不像是他有意講出，倒像是話語自行從他口中湧出：「我是好男人好丈夫好父親，忠誠養家是我的責任。」一年多前，他踏入系統黑牆前的透明長方體，忠實唸讀系統打在空中的字樣，同時系統的光束堅定停在他的左手無名指。那是宣誓，也是儀式。

如今他的身體就是一場儀式。他仍然跪著，在因為科技結婚而能購入的高級床鋪之前，在醒來的妻面前。他重複撿起，戴上，墜落，誦唸。撿起時像是最虔敬的俯首，高舉雙手戴上時像是最喜悅的禮讚，戒指墜落時像是經驗最深沉的打擊，誦唸誓詞時像是最卑微的禱告。他沒有終止地重複。彷彿從他誕生之時，他的基因，他之為他的內部程式，就已經被寫定。彷彿有一組程式碼，給他一道永恆的指令，即是無止無盡持續這一場操演儀式。

而他那具沉睡已久，如今甦醒的妻，只是安靜旁觀這場無休止儀式。她微笑，笑得如同她的身體那樣透明瞭然——

她有一具忠誠的夫。

Lone Circulates Lone（LCL）

自她瞳孔的黑洞，他跌入她體內的ＬＣＬ。像一顆方糖浸泡水中，他的氣力融解但身體完好。每一絲肌肉纖維都不再張弛，任憑自己被輕柔地托住，被溫和地覆蓋。

這便是潛入ＬＣＬ的狀態嗎？此三字母的指涉，目前並沒有單一且必然的解釋。但根據《新世紀福音戰士》，ＬＣＬ是一種相近於血的液體，或是更廣泛的，組構及生成人體的所有液體。也就是體液。其用途為，讓「汎用人型決戰兵器 人造人 EVANGELION」（簡稱ＥＶＡ）及其駕駛員得以同步心智和行為。更精確地說，ＥＶＡ是巨大而無靈魂的人造人，人類則是有靈魂而不具備強大肢體能力的存在，兩者藉由ＬＣＬ中和及傳導神經訊號，進而合一。

所以，她現在是他的ＥＶＡ，而他是她的駕駛員？但在跌進她的眼睛之前，他很明白他倆是體格及智能皆相似的，生物學上的人類。至少他所意識和感知的是如此。在過於唐突而茫然的情況之下，他只能先排除一個更加令人困惑的可能：即「我們的意識和感知，不見得是我們的意識和感知」這件事。

總之，現狀是，他跌入她的體內，浮沉於ＬＣＬ液體之中，並且她不是ＥＶＡ。

也許這是《新世紀福音戰士》不及闡明的，亦是他不曾想像過的，墜入他人內部ＬＣＬ的光景。他不在ＥＶＡ體內，而在人類體內。人體渺小但裡頭敞開一座比ＥＶＡ更巨大的海洋，那是意識與無意識、資訊與分子、血與組織液，所有的混雜體。

海洋的成分是ＬＣＬ。那麼，如同其傳導駕駛員和ＥＶＡ的神經訊號，他也理當感受到她的意識。他閉上眼睛，等待潮湧幽晃之間，ＬＣＬ將她的意識訊號傳導給他。指尖、耳廓，或任何體感。

什麼也沒有。所有他的推論都被無明的現狀抵銷，如同他的重量被柔軟的液體緩衝。

張開眼睛，視線所及的遠處，有星宿飄落。晶亮晃晃，像雪。

越來越近。

近到足夠被所有知覺確認為何物的距離。她的腳趾、她的唇瓣、她的半邊臉，以及更多更多的，她的片段。身體的渣滓，聚合又分散。無數個她與她的殘肢斷骸，飄零地撫觸他，親吻他。

曾經著迷於《新世紀福音戰士》時，他數度幻想，也許有一天他會在LCL與她的意識共存。那麼他將得到長久以來企求的解答：當她看著他或他方，當她活潑如明日香或靜默如綾波零，究竟都在想些什麼？

而當一切彷若成真，他才曉得答案並不會到來。

因為他終究沒能在她體內感知她。因為她之中還有無數個她。身體動能被完全消融，在LCL中他無法移動自己，只能和所有她的碎屑一同，失重而恍惚地，彼此無限逼近，又無盡遠離。這麼多個她和她的片段，隨機分裂又重組，技術上來說，他不可能窮盡每一個，也無法確認自己是否真的進入（進入一顆心臟，算是進入她嗎？）

他從未想過如此，還以為只要進入ＬＣＬ之海，人之間的不連貫性便從此消融。

那是《新世紀福音戰士》的寓言。寓言無法在現實兌現。正如同各個存有之間那些無法消解的A. T.力場──心靈之壁。在心靈之壁的牆角下，是全然理解與全然融合的不可能。全然取消他者與自我的不可能。

他的眼球和一顆她的眼球相遇。瞳孔凝視瞳孔。望不盡的瞳孔深淵中，或許又是一座如他此刻身處的，寂靜彷彿宇宙的ＬＣＬ之海。

她之中還有她。ＬＣＬ之海中還有ＬＣＬ之海。宇宙層遞開展，多維折疊，沒有止盡。

他忽然明白了。ＬＣＬ，是孤寂環生孤寂，Lone Circulates Lone的縮寫。看完《新世紀福音戰士》的孤寂。在她體內仍然不會懂得她的孤寂。永恆的他者的孤寂。

液體支配他，將他緩緩帶離她的眼球，再度被眾多殘肢包圍。而後持續將他往一個方向抽離，所有的她在他移動的速度中模糊了形體。

所有的她，在他的抽離中，逐漸微縮，成為遙遠的星系，流質的發光體。

他沒有被抽離她的身體，沒有回復動作的能力。

無法靠近發光體，無法離開她的身體，無法消解自己的身體。他被困在自己裡，又被困在她裡。

只剩下自己。孤絕的深海廢棄物。

在沒有聲音沒有光的宇宙，空間和時間一樣看不見盡頭。在沒有盡頭的物事之中，他縮得很小，很小，小得無法量化的懸浮微粒。

小得僅存於她的瞳孔之中。

瞳孔之外，她的義眼忽然流下一滴人工淚液。

安妮

才一踏入只剩自己的家，他立刻警惕起來。

有誰來過了。

說不上哪裡不對勁，但就是瞬間覺察有些微小的不尋常正細細鑽動。或許他首先注意到的是，平常出門前，總是隨意踢落室內拖，此刻卻兩隻併攏，鞋跟圓弧切平玄關邊緣，彷彿招呼他回家。非常小心地，他沒脫掉球鞋，直接踩入室內。

對著客廳他納悶起來。這到底是不是闖空門？或許是，畢竟觸目可及的物品雜什很明顯都被挪動了；但又不是，畢竟與其說是挪動，不如說是歸位、整理、各居其所。如果沒有財產損失，現在屋內狀況比較類似家庭清潔人員來過之後的模樣：地板乾淨得讓球鞋膠底躡出光亮摩擦聲，歪了一邊的茶几拖回原位，桌面上隨手亂丟的衛生紙早已不見蹤跡。當然他也注意到，應該在茶几上的……他回過身，走向飯廳。

而後詫異地僵住。餐桌擺了蒸熱的飯，冒煙的湯，鹹的滷肉，清的炒菜，圓厚一盤烘蛋。一邊置妥碗筷，另一邊亦然。一端拉開椅子等他坐下，對向的椅子，坐著安妮。

他怔望安妮，半晌不曉得該拿這一切怎麼辦。

有人趁他不在，來過他獨居的家，灑掃整頓，再備好晚餐。最後，還調侃似地把他一週前買來的充氣娃娃從茶几移到餐桌。照飯菜溫熱的程度，這莫名其妙且嘲諷他的人，應該離開不久。

他稱呼充氣娃娃為安妮，是前一晚的事。直到昨晚之前，那壓縮著癟皺塑膠肉體的紙盒，他連封口膠帶都沒破壞。雖說比起女人，這世界對於使用性愛玩具的男人似乎寬容許多，但真的貨到簽收，拆開外包裝，盯著盒面岔腿跪坐的全裸少女，他還是感到手中一陣沉甸甸的羞愧。

而後七天鑑賞期，盒子仍然包裝完整，隨時可以退回這盒無從解釋的欲望。只是他沒有。直到昨晚收到確定購買的明細，才明白從此是沒有選擇了。

也是沒有選擇使他果斷。劃開封口膠帶，拉出折疊整齊的膚色塑膠布。攤開，唇齒湊上後頸充氣口，一具軀體逐漸脹起。一百五十公分高的女體，靜靜躺在床上。塑膠褐髮粗硬披垂，黑眼直直瞪向天花板，呆滯地微張雙唇。任誰都不會對這身體感興趣的，他站在床尾，如何都沒辦法把這人偶當成女人。一把抓起人偶，塑膠身體因抓握而稍微凹陷，抓在手中感覺和那些夜市打彈珠拿到的充氣塑膠槌子吉他無異，那些難以處置的無用之物。

他讓人偶躺上茶几。鍵入鎖碼臺密碼。等待劇情推移，將他的欲望推擠成形，跟著電視的男人一起，放進女體。他安靜地動作著，人偶安靜地接收著，他和人偶浸泡在電視的光，電視的呻吟與低吼。有些瞬間，他感覺電視裡頭才是真實世界，而他和人偶這頭是被按下靜音的電視畫面。最後一絲氣力洩進空洞女體，面龐埋進乳房，人偶的塑膠氣味竄進他的身體。這充氣娃娃是人類對於現實女體的粗糙複製，而二十六歲才因充氣娃娃而擁有第一次性愛的自己，他感覺和夜市那些廉價充氣玩具一般可棄。

挽起人偶的頭，和人偶面面相覷。人偶微張的嘴唇流出體液，他想起國中軍訓課用以練習CPR的人偶「復甦安妮」。輪到他，不知擂擂心搏是因為其他人都盯著他，還是因為這是第一次這麼近看著女生的臉。覆上安妮的唇，沒留意，一些唾涎便沿著安妮的嘴角流下。眾人譏笑，諷他「安妮老公」，從此只要在走廊上碰見軍訓老師抱著安妮，都會有人提醒他，欸你老婆喔。

電視的劇情尚未停歇，頹暗光影中，他抹去人偶唇邊的液體，不知不覺輕語，「安妮……」

如今安妮坐在擺好晚餐的餐桌旁。怔忡間，那些青春期同儕的訕笑漸漸浮起。他可以想像那個擅自闖空門的人，看見隔了一夜還躺在茶几上的安妮，那種猥瑣的瞭然神情。他想那人八成想著「幹居然闖到一個怪癖男的家」，再把安妮擺上桌，營造出「安妮等著她老公回來共進晚餐」的戲謔情境，而且可能拍照上傳到不知何處……

他決定不再想下去。遐想帶來的困惑不著邊際，反倒是安妮凝滯而彷彿永恆的等待、桌上的飯菜，以及上班一天後的飢餓感逐漸真實起來。坐到安妮對面，他為自己盛飯，配菜，把烘蛋分成幾小塊。說不上為什麼能對如此一桌來路不明的食物放心，或許是他隱約明白自己不會再失去更多。他兀自吃著，偶爾瞥瞥安妮，好久沒有這樣，在安靜的咀嚼中，抬起頭，對桌有另一雙眼回望自己。

就這麼彷若有人陪伴，又像只有自己，清空桌上所有食物。他滿足地向後靠上椅背，環視難得整潔的家屋，念及合胃口的晚餐，悄悄對所有進門以來的莫名其妙浮起更加莫名其妙的感激。

椅子推開的聲音又把他扯回現實。

與其說是回到現實，他更感覺眼前一切全然遠離了現實。

安妮在移動。

原本坐著的安妮，自己推開椅子，起身，收拾餐具，端起一疊將她的空氣手掌壓得凹陷的碗盤，踏著空氣一般輕盈的步伐，沒有顛倒，沒有晃蕩，穩穩把碗盤放進廚房水槽。

他無可遏止地搖頭，努力否認心底那個越來越清晰的念頭：安妮是活的。

不，這一定是什麼整人戲碼，他想，一面張望天花板角落，希望找到一個正看著好戲的監視攝影機。廚房那頭安妮早已兀自刷洗碗盤，動作連貫得像千篇一律的日常。

直到安妮按開烘碗機，他才停止所有徒勞的尋找。他盯看安妮繞去玄關，拾起他沒穿上的室內拖鞋，來到他的面前。這才想起自己還沒換鞋子。安妮蹲下，拖鞋鞋跟併攏在他腳邊，而後又像方才坐在桌邊一般，彷彿要靜止到永恆的等待。他還來不及理清現狀，只能順從地脫下球鞋，踏進拖鞋。

安妮像熟練的家事清潔人員，把球鞋放進鞋櫃，再組裝除塵拖把，將他穿室外鞋踩過的路徑稍稍清過一回，他還站在飯廳角落，沒有任何動作，彷彿他是靜止的人偶，而安妮才是過著生活的真人。

安妮是活的。他已無法否認，甚至意識被這事實淹沒，恍恍惚惚，只能虛弱地理解到，沒有誰闖空門，一切都是安妮所為。在他離家上班的白日，無人知曉的時刻，原本躺在茶几上的安妮，忽然有了生命，能自主活動，並為他打掃家屋，烹飪晚餐，像忠心的寵物等待他歸來。

他把自己關進房間，倚著門滑坐地板，慢慢平靜下來。一個小時，或者更久，他依稀聽見外頭一盞一盞燈被按熄。夜暗之中，走出房間，摸索到客廳，他看見安妮又躺回茶几，睜著那雙沒有光澤的眼，光滑的塑膠皮膚淺淺映現滲進室內的微弱街燈。像一尾暗水底處的魚，沉進她自己的，醒著的睡眠。

＊

首先是安靜被攪出波痕的細微聲響。這時他開始朦朧地意識到自己。之後是冰箱門開關，塑膠袋窸窣，再一會兒刀走砧板。這時他已逐漸清醒，仍然躺著，靜靜聆聽規律而毫無猶豫的切裁，光是如此，就彷彿能看見食材變成工整畫一的模樣。最後是煮，炒，有時也煎，聲音之上浮出食物的香氣。這時他會起身，打開房門。

「早安。」他走近廚房，盡量讓睡過一晚而乾澀的喉嚨發出足以蓋過所有料理聲響的音量。

安妮不會說話，但會因他的招呼而稍微停頓一下。他把這一下當作她的回答。

而後他去盥洗，換上安妮為他準備好，用衣架掛在門把上的外出服。回到飯廳，安妮坐在桌邊，他坐到安妮對面，開始早餐。

不知什麼時候開始，他已經習慣有安妮的日子，彷彿和一個不明所以而動起來的充氣娃娃共同生活，是再稀鬆平常不過的事。生活是不停向前滾動的線球，一日一日反覆圈上類似的線段，直到初始的線頭被埋進難以尋找的深處。有時他幾乎快忘了走進家門發現不對勁的那一天。

早餐之後，他還有一小段空閒，等到十點，該去開店了，他才起身走到玄關。分秒不差地，安妮會在他穿鞋的過程走到他身旁，當他站起，轉向安妮，就會提起掛在她塑膠右手的便當袋，沉沉裝著溫溫的午餐。安妮充氣的手因為便當袋的重量而凹陷，曲折成詭異的角度，在他拿起後，又輕飄飄地張弛回原狀。他有時會想，手被彎成那樣，安妮是否感覺到痛。

「謝謝。」他看著安妮不曾眨過的眼睛說。安妮不會回答。也沒有動靜。他當她回答了「掰掰路上小心」之類的話，走出家門。

不過路上倒沒什麼好小心的：只是從巷口的家走到巷尾的飲料店而已。

二十六歲，身邊的人，有些升職有些離職；有些多拿幾個學位終於離開學院；有些回到學院或遠走他國。總之幾乎沒有人像他一樣，沒有其他位子，沒有其他原因，就在飲料店，甚至不是正職，只是打工。

當然他也嘗試過一份不需太多解釋，沒有太多意外的人生。當完兵，在學長的介紹下開始跑保險業務。業績不算好，但還算認真肯做，就是那種不是往上升的料但也不致該被裁掉的，中等到幾乎隱形的人。這在許多人眼裡可能過於容易而顯得不值，但他明白這一點都不容易。父親早逝後，母親想辦法擠進大公司的收發室，就是這樣幾乎隱形地做一輩子把他養大的。應徵工作前，母親陪他挑西裝，鏡子裡他見母親縮得小小的，自己則挺著剛當完兵的寬胸厚背，那時他便決定，要努力過上一個沒有冒險，平實而不必讓母親操心的人生。只要這樣就好。工作將近三年，算穩定了，他開始悄悄張望女同事，偶爾逛逛媒合網站。

只是沒想到第一次兌現的保單就是母親的。似乎退休之後一鬆懈，處處是孔隙，母親在他開始工作一年後身體逐漸委靡，不算大病，但都延宕得幾乎沒有完全好起來的一天。到了半年前，徹底倒下，拖磨三個月，走了。忙了一個多月，安放骨灰後，回到家，空蕩蕩的身子飄進空蕩蕩的屋子，倒在沙發上一睡就睡到隔天夜裡。醒著直到早晨，該上班的時間，他仍然失神胡亂切換電視頻道。把音量調大，再大，更大，藍色線段拉長到不能再長為止，主管來電，同事來電，全都被脹滿客廳的嘈雜聲音掩埋。再過幾天，電話也不響了，他仍然泡在電視螢光裡，頭髮油膩，滿臉鬍渣。二十六歲，有人成為主管，有人成為碩士博士，有人當上人妻人夫爸爸媽媽，他則正式成為單身漢孤兒。

於是不再需要對誰交代什麼，不必打加班夜歸前的那一通電話，不必照三餐回答自己吃了沒，不必再閃躲每次母親跟老朋友打一下午麻將回來那句「噯李太太的孫女真可愛」。甚至連一份正式工作都不那麼急迫：相較於同輩人如何攢積都換不來像樣的住處和生活，他倒有了一間自己的房子，有了母親的存款，只要沒有鉅額開銷，可以毫不蹇促過上一陣。他只剩下自己，只須背負自己，母子二十幾年的重忽然輕得像一場錯覺，空曠的家屋和時間失重漂浮。

從此睡眠不分日夜，進食不顧時辰，倒是電視仍然開到最大聲，在嘈雜中睡，在幾分鐘安靜時刻驚醒。這樣的日子過了多久，他不清楚，只知道溫度在變，在家穿的從背心四角褲換成運動長袖長褲，常買的食物從便當變成熱湯麵，飯後那杯飲料從正常冰減少成去冰。那天他提著牛肉麵，經過巷尾，才發現一家飲料店剛開幕，無限次重複播放的擴音器破音吶喊：「歡慶開幕，指定飲品買一送一，當月壽星免費中杯換大杯喔。」他趨近，「中杯珍奶，半糖去冰。」打開皮夾，翻不到零錢。「先生幾月生日呢？現在在做活動當月壽星免費升級大杯喔。」戴著制服帽的女孩，聲音亮晃，照得他一愣，掏出身分證，遞給女孩。

「生日快樂！」女孩看過，又提高聲音的亮度，將他的雙頰晒出一點赧紅。他抽回身分證，交出一張大鈔。女孩從收銀機揀出更多張小鈔和一把零錢。女孩伸手。他亦伸手。

為免零錢滑落，女孩一手托住他的手，一手將零錢和小鈔往他手心按。

他厚厚的手背落在女孩薄薄的手掌裡。

降溫的日子從不曾使他發抖。卻是女孩溫溫涼涼的掌溫教他一瞬悸顫。他還沒能明白這一切，女孩已經收手，排他後面的人越過他，擠在櫃檯側邊跟女孩點餐。

一直到飯後大杯珍奶的最後一口，他仍然想著那隻手，涼軟清滑，輕輕貼合手背。他把右手背放在左手心，不停複習那瞬間。這麼空曠的日子終於伸進他人的溫度。

那天是他二十六歲生日，女孩那句生日快樂，是他唯一收到的祝福。

幾天後，他又走到飲料店，這次不點飲料，而是指著柱上的徵人海報。點餐女孩從服務員變同事，高亮聲線全部轉暗，淡著一張臉，用更淡的語氣交代收銀，煮茶，熬珍珠，水溫及時間，放涼或保溫或冰鎮，「溫度是飲料的關鍵」，店長經過時落下一句給交接中的他們。不過對他個人而言關鍵是人的溫度。他從女孩那兒學會找錢那一刻，刻意又不經意地執起陌生人的手，把找零擺到對方的手心。那一刻，他會摸到在辦公室冰鎮一上午的細涼的手，或是在外跑業務的熱燙的手，或是下課的國高中生，女孩子的冰清玉翠，男孩子的炙烈礦硬。他時常下了班就反覆想起那些手，那些參差的體溫，許多張臉，然後轉到鎖碼臺，用觸摸他人的雙手環著自己，聊像被誰擁抱。

事情在安妮進入他的生活後有了轉變。當陌生人一隻手等在空中，他便想起安妮那隻被便當提袋拗折成曲奇模樣的塑膠手，沒有任何紋路，只有約略指甲的位置塗了過於飽滿而從不剝落的紅。那樣一雙手，在他不在家的晝日，洗晒衣服、整理他凌亂的房間、或許也到母親的房間挑衣服。他曾交代安妮從母親的衣櫃拿幾件洋裝套著，或至少穿個圍裙遮身體。自從意識到安妮會從此與他生活下去，他便有點閃躲那雙挺立的乳、光滑平整的下部，甚至不再碰過安妮，畢竟，他無法確定安妮的意願。他也不再轉到鎖碼臺，儘管安妮的眼睛沒有光澤，他仍然擔心她的眼光。

安妮的固定作息校正了他的生活。他早睡早起，一日三餐，衣服乾淨平整，為了避免在安妮面前顯得邋遢，提升衛生習慣，認真清理自己。有一次回家安妮只煮一鍋泡麵，他才驚覺家裡食材告罄，從此養成週末到超市購足一週食材的習慣。裡裡外外都除舊布新，同事虧他是不是交女朋友，他沒有承認也沒有否認，任由大家挾他中午便當的菜。回到家和安妮講起這些，沒發覺語裡闔不住笑意，隔天打開便當才發現多了些份量，靦靦暖暖地，拿到同事面前，「我女友幫大家多做一些」。

這話一出口，事情就真實起來。此前他不曾想過安妮算是他的誰，倒是在眾人的眼神中，他看見一個被照顧且有人等待的自己。

結束一天的班，回到家，又是剛清理過的清淨氣息，拖鞋鞋跟切平玄關邊緣，走進去，回過身，安妮坐在三菜一湯的氤氳裡。這是他每一天的日常，或許是其他人的反常，而他只是安心坐下，吃起兩個人、一人份的晚餐。

「大家都說妳煮的菜好吃喔，」扒一大口飯，糊糊地對安妮說。然後他會聊起今天一整天，突如其來的雨，突如其來的大筆訂單，飲料店的忙碌與悠閒。

安妮不會接話。電視關著，不如從前恆久製造寂靜的噪音。他一連串話全消融在滿室沉默中。

二十六歲，有人略有所成，有人一事無成，他則有過一次性經驗，有一段穩定到幾乎是固定的關係。儘管對大多數人而言，他所擁有的一切，從來都不算數。

＊

為了能和安妮說些工作、買菜、家務以外的事情，他多買了機上盒的電影租看服務，雨天週末摟著安妮看；好天氣的時候，他會隻身出門，出門前打開電腦視訊軟體，鏡頭對準安妮，連接手機，抵達綠地藍天，便持手機對準自己。手機螢幕裡有亮晃的他，晦暗的安妮，他鼓起聲音向網路另一端的安妮說起這裡的海潮，那裡的風颯，一會陽光一會雲翳。到處拍照，自拍，回家一面吃飯一面點開給安妮看，說哪邊漂亮什麼好吃，說到停滯時就會說，這裡很好玩以後帶妳來。而後他會忖度，或許還是該找份正職，才有可能買一部車，那是他所能想到可以和安妮一起外出的方法。

安妮填滿了他。無論是肚腹或生活，抑或長而空蕩的時間。作為生活伴侶，安妮相當完美，提供所有可能的陪伴，免去所有可能的衝突。他沒有不滿的理由。可是為什麼，當他在超市走道和一對夫婦的推車相錯；當他在店裡看著點餐女孩迅速收拾，穿過半掩鐵門蹬向外頭的男人和摩托車；當結束與安妮的視訊，一人面朝大海，望見遠邊倆倆拉著的手，他仍然掩不住那近乎奢望的疑問：為什麼安妮不是真人？這樣一個無效的提問便一針一針刺破安妮為他填充而成的每一日，而因為安妮而膨脹成一顆彩色氣球的他，會在意識到這個問題後，彷彿爛皺回什麼都不曾有過。

如果安妮是真人就好了。如果可以讓安妮成為真人就好了。又是一日尋常的晚餐，飯後他腆著被安妮養得圓滾的肚子，凝望安妮清洗碗盤。扭開的水柱彷彿清洗他的思緒。或許一具自主活動的充氣娃娃已經足夠離奇，他也開始有些近乎腦補的推論——最開始能啟動安妮，是他為安妮吹氣之後，和安妮做愛，如果現在換成用空氣以外的東西填充安妮，讓她有重量有溫度，再在安妮的身體中……他看向安妮洗碗中的背影，今天只披一件圍裙，後背腰臀袒露，塑膠褐髮隨著身體動作擺盪。遠看仍看得出不是真正的人體，而像擺放夜市的塑膠玩具。單一且過於飽滿的膚色洩漏了一切。如果這張塑膠皮能被什麼撐張得薄透一些，像飲料店女孩那樣彷彿一層蜜桃皮透著清淺粉紅，那大概就像真人了。

可是，安妮怎麼想呢。趿著猶疑的步伐，走向安妮。安妮不會說話。他看不進安妮的眼睛。如果拿別的東西填充安妮，如果不論安妮意願，強要她，她是否感覺到痛，是否傷心。想著他已貼近安妮身後，一把環住還在洗碗的安妮。安妮停止動作。碗盤擱下，水流窣窣。他把安妮抱得更緊一點，塑膠身軀在他懷裡摩挲出聲。安妮不會說要。或說不要。他又抱得更緊一點。安妮身體曲折，雙腳離地，輕微地顫抖，那是他控制力道的結果。安妮不會喊痛。安妮不會拒絕。他壓得更緊。安妮的頭撐脹成畸形。

「我要妳變成真正的女人。」他附上安妮畸形的頭，耳語，近乎低嚎，壓著聲音也是抑住因為強硬的念頭而更加脹硬的自己。

事情總是在下定決心後輕易起來。週末前的關店，望穿鐵門下方，見女孩和男人坐上摩托車離去，他便拉下鐵門，上鎖。飲料店後方煮茶間，三桶十公升的水，上爐火，其中一桶撒些紅茶葉末。他想或許調出很淡很淡的紅，透過安妮偏橘的皮膚，會是剛好的色澤。只煮三兩分鐘，過濾，三桶混合，然後再倒入三罐保溫茶桶。都是平常開店的準備工夫，只是不照牆上張貼的比例和時間，他調煮自己的配方，滾燙的願望。

用店內推車把三桶茶和他愈發著急的心跳喀噔喀噔運回家。走進家門，安妮如常坐在三菜一湯的等待裡，今天他回來得晚，一桌菜顯然都冷了。

「我晚點再吃，」逕直走向安妮，一把將她從椅子上抓起。或許潛意識擔心安妮掙扎，他的力道有些粗暴而不容反抗。安妮騰空而起，沒有任何舉動，像最初的最初，擎在手裡如一只沒有靈魂的塑膠玩偶。

他扒下安妮身上母親從前常穿的小洋裝，讓安妮全裸坐進浴缸，他在浴缸外頭，撥開安妮後頸的塑膠褐髮，找到充氣孔。他深吸一口氣，猜想如果之後填充熱水不成，或許從此安妮就回不到從前。他正在剝奪安妮，或者予以重生。

他仍然撥開充氣孔。一手捏著，另一手按壓安妮的身體，腳掌，雙腿，伸進下部的孔洞，而後肚腹，乳房，使力擠壓，彷彿要把整個女體收進手心。安妮逐漸塌陷，氣體從後頸嘶嘶噴散，舌一般舔上他的頸顎。不知蒸熱的體溫是被這氣息撩起的，或是第一次這麼細膩地觸摸安妮的每一處身軀所致，他褪去衣物。

三桶茶，那茶清淡的程度毋寧更接近稍摻紅赭色的熱水，提進浴室，旋開茶桶上蓋，蒸氣撲面。用網購的水球針筒注水器抽起，再插入充氣孔。是一般人摸到都會縮手的溫度。「不會痛。」話對安妮說卻是在平緩自己，說服自己沒有做錯任何——拇指按壓，清紅熱水緩緩流入。癱扁的安妮頹著頭，垂著手，沒有任何動作，像一頭乖順的獸。

就這樣反覆作業，一次幾毫升的注入，三十公升的水，一道看不見盡頭的長路，卻也讓他憑著渴望有溫度的安妮的巨大意念走完了。安妮再度飽滿，皮膚撐張，將原本飽和的膚色拉得薄透，隱約現出微紅液體，水蒸氣沾附，像她自己流的汗。安妮在浴缸躺成一具剛泡完澡而透著紅暈的女體。

安妮是真的。他探進浴缸，坐在安妮胯間，手輕輕伸向她大腿內側。觸及的瞬間，震顫復震顫。真實的，人的溫度，一如他每次掂在手上的，那些生人的體溫。安妮撩撥的氣息。安妮的軀體。安妮的溫度。所有一切，讓他劇烈勃起。

「不會痛。」身體是熱的，聲音卻是冷的，近乎命令。雙手托起安妮的下體，迎向自己——深深的，深深的陷入——他閉上雙眼，雙唇關不住深處噴湧的嘆息。

再度使他睜眼，是感覺到後頸溫熱之時。這一切都是他的熱望，但成真的時刻卻如此失真——安妮伸向他，雙手搭上他的肩膀，環住頸背。從來不曾眨過的雙眼，如今閃爍柔媚，眼神靈動，望進深處能照見自己。從前呆滯半張的唇，抿成一弧微笑，什麼也沒說卻什麼都說盡了。安妮將他摟近，他趴向安妮，雙手撐在安妮頭部兩側，褐髮不再是粗硬塑膠，而是細軟波浪，沖進他的指間。他越來越靠近安妮，安妮的手撫向他的肩胛，指尖扣住他背脊的凹陷。他近得能感覺安妮悄悄的喘息。近得無法再看見安妮的雙眼。像國中軍訓課練習CPR一般無比接近女性的臉龐，鼻尖相遇鼻尖，唇摸索向唇。無限靠近的那一刻，無限小的間隙，細得連空氣都無法穿透的一瞬。

他穿透過去。

卻沒有接觸到安妮。

穿透的瞬間，他的臉沉入安妮的臉，身體落入安妮的身體。整個人泡進安妮的體液。安妮融化了。他沒有擁抱到誰，只是失重地，墜到消溶安妮的塑膠皮膚的熱水裡。水溶成膚色，濃稠塑膠味，嗆得他從中掙起。

「安妮，」他慌忙地撈，失神地找。溶解的安妮甚至連一小片皮膚都未殘存。徹底消失。他喊安妮的聲音摻了色素液體的噴濺喧譁。膚色膠液爬滿他的臉龐，一滴滴下滑，像一張臉逐漸融解坍塌。

滴落滿缸積水。膚色的漣漪，膚色的水音。他在滿室回聲中逐漸靜了下來。不知許久。久到水中色素開始沉澱，浮起一層透明，他才恍然站起，攪亂水的沉默。踏出浴缸，行經飯廳，在熱水浸泡過久，忽然走得不穩，扶一下餐桌桌邊，飯菜還等在那裡。一踱一步，幾許掌印，膚色足跡從浴室拖進房間。

膚色水滴沾黏電腦。點開信件，找到購買紀錄，按進連結，再將同一個充氣娃娃放進購物車。結帳。

「安妮。」電腦冷光照亮他寬慰的叫喚。而後他踅回飯廳，拉開坐椅，在沒有安妮的座位對面，一個人吃飯，等安妮回來。

跳舞的Kuma

Kuma一夕竄紅，如同那些公共場合裡各種不堪或奇詭的大事小事，始於一份不知掌鏡者為誰，上傳至YouTube的粗糙錄影。

影片中Kuma隨著遊樂園裡播放的音樂跳舞。雖然，不過就是一隻裝著人的巨型吉祥物所能誇張動作的最大值。但負責帶Kuma遊園的馬尾女，在一旁又尖又嗲地對著擴音器：「哇，Kuma會跳舞耶！Kuma好棒！Kuma最可愛了！」圍觀小孩一起鬨，無名的掌鏡者上傳影片時下個標題，「跳舞的Kuma」就成了這城市最關心的事了。

有人分析Kuma的舞步；有人製作Kuma小檔案，詳列其生日、血型、身高體重、喜惡和心情；每個人進遊樂園至少都搧著Kuma臉型的扇子出來；手機打卡最多人次的地標是「Kuma」，勝過遊樂園的名字和其他設施。

沒有人知道為什麼自己無端喜歡起一個和其他吉祥物大同小異的Kuma，但也沒有人不歡歡鬧鬧地說笑一場，無聊而熱切，又滿又空的愉悅。

＊

不是這樣的，他想。翻完以Kuma為頭版的小報，一掌將報紙壓上桌，一手撐起下巴，無奈而困惑，瞟向右，Kuma的大頭，安靜微仰，圓亮塑膠眼映著倉庫裡的黯光，咧開半圓形的笑。沒有裝人的身體癱擠成一坨無以名狀的小丘。

那時候是他開始這工作的第二個月。時進溽暑，每天都有一層比昨天更厚的烈陽刷新高溫紀錄，一刷一疊，他覺得每天撐起Kuma時都更吃力一點。

偏偏那天碰上一群校外教學的小學生，見龐然Kuma頓傻走來，便攀上附下，尋找埋伏在恆久笑臉後面，那雙真正的眼。而他在裡面，從Kuma的鼻孔往外窺，小圓洞裡擠壓太多殘忍的好奇，扯晃得他有些失衡，尖笑喧鬧在大頭內迴旋成迷幻的耳鳴。他又慌又怒，激動起來便揮拳向那群拍打Kuma面龐的小孩——其實是右手牽連的巨大右掌——誰也沒被打中，倒是看見Kuma將手往自己頭臉一抹，更覺有趣。一陣羞惱，接著又是左拳，Kuma左手一擺。平衡力道的同時他亦踉蹌，一左一右，一蹎一步。誰，在他鼻孔圓洞看不到的這裡那裡，按鍵錄影。

於是一場荒唐就成了每次遊園的不得不，從此每天他卸下 Kuma 之後都更委靡一點。

「喂，還不換衣服？」刺冷聲線，將他的恍惚縫進現實。是馬尾女。

＊

如果能換一個人生，該誰的好？

自從 YouTube 的影片開始流傳，至今兩個多禮拜。遊園時間一到，他進入 Kuma 窒悶的身體，紊亂擺動，體溫灼燙自己。神智昏沉如柏油路上被蒸得歪扭的熱氣，曲折成此一問句，浮現心底。

也許是他弟？「學學你弟弟吧」，他們說。弟弟不過就是前幾名的高中大學，大企業裡一個基層位子，和隔壁處室的太太成家。沒什麼驚天動地的成就。然而能這樣老實走在期待鋪成的路又何嘗容易？畢竟他身為哥哥，卻連一塊路磚都沒搆著：升學制度推擠著往前，到二十二歲便四顧茫然，用一份份打工偷渡時光，如今將近三十歲，每個月刷簿子卻沒有此時應然的，薄薄的闊綽。上禮拜父親轉寄一張產檢超音波的照片，仍然不忘附句「學學你弟弟吧」，他關掉手機，黑闃螢幕裡愣視離期待又更遠一些的自己。

那麼應該是高中認識的大哥吧？他不在期待之內，卻也從不庸凡，依憑優渥家勢和發育過早的魁梧身體，輕易將班級整肅為其私人組織：有人負責多寫一份作業，有人幫忙在考試時作弊；而沒有任何專長的他，似乎從那時就注定了出賣勞力的命運，每天為大哥跑腿，偷菸藏酒，送禮獻殷勤，往返著也就竊竊喜歡起每個大哥看上的女孩。據說直至今日大哥仍在地下社會活躍，不過那些都離他太遠了。

然而哪一個他活不成的人生不是這般似近若遠。

就算遊園此時，這近在身旁的馬尾女，如他一般高不成低不就，一臉恍惚滿身倦怠。但至少她才大學夜間部二年級，面龐可驕，肉身可恃，馬尾盪起見背頸骨節嶙峋剔透，時間和外貌都為她備足了餘地轉圜。他則矮短微胖，路人臉，新近勾起三十歲的淺紋，時常膩著一層油汗，人見不足生厭，卻也不曾多瞥一眼。但就是欠這麼一眼。行於世，如果招不來注視，腳下便少一片立足地。

「Kuma 今天還是一樣元氣滿滿呢！」馬尾女的聲音，人後冷冽，眾前熱沸。他在一旁有點羨慕。至少她不必透過扮演一隻吉祥物討好世界。

而他在吉祥物內，躍動揮擺，只碰觸 Kuma 身體內緣的生硬塑膠，還有溽濕的高溫。隔著非己的身體，忖度他者的人生。

＊

他踱回房間，將身上浸過汗又乾的衣物褪去，按開電腦，一女性浮上桌面，眼朝上望，正好接上他看電腦的視線。海邊，她的上衣，遇水貼出身體隱約。他直盯著，偶爾瞇細雙眼，時又前俯凝視。直到十分鐘後電腦待機至螢幕暗去，她潛離桌面，他才恍然醒覺。

風扇轉來，細風撫得他發涼。還是不行。他有些沮喪。

那是大哥高中時最後一個看上的女孩。畢業典禮前大哥買了高中生最愛的潮牌皮夾囑他送去，他偷偷塞進一張紙條寫上姓名電話。那不是他第一次喜歡上誰，卻是第一次有所行動。結果只挨來一通「你好噁心」的電話，以及大哥一頓揍，畢業典禮當天只敢怯縮家裡。

他沒死心。後來他就一直關注她，從網誌到臉書，從大學到外商公司，每張相片都下載儲存，按年份整理進桌面右上角，擺很久的「新資料夾」。桌面的照片通常是她最新上傳的自拍照。他再也沒認識別的女人，僅對著電腦裡永恆望著自己的她，一次次沉入白濁黏稠的欲望。

但自從遊園必須加入大家所謂「跳舞」的活動後，就再也不行了。他頹地呼出一息，人又駝瘺了些，癱上床。想是太累了吧，這陣子。

意識消散之前，他淺淺地發現，穿過他的睡眠，今天會複製貼上成明天，而明天亦然。他發現自己可以從今天結束之前的隙縫睇視明天的模糊面龐，如同從 **Kuma** 的鼻孔裡望出去的笑臉擁擠堆疊。日子的樣貌不會變，他無夢的夜也不會。

*

他以為一切就會這樣繼續，對著一樣的人耍著一樣的痴，榨乾自己連同那份闖入電腦桌面的欲望。但在小市民圍觀性的一次消費之下，他沒有發現的是，每天圈著他的人都不一樣。

於是他也沒預期到，這天，層層裹住他的小孩散去之後，驚見她就坐在他前方不遠的長椅上。

他不會認錯的。那個坐在他電腦桌面裡的女人，那個多年面龐積纂於「新資料夾」的女人。他倆的距離正好讓他透過 Kuma 的鼻孔和她相望。於焉他更確信的是，她認出來了。

她看見 Kuma 裡頭的自己，並且對他笑，他確信。見狀，便恍恍將自己連著 Kuma 拖拉過去。馬尾女的聲音，遊樂園的音樂，另一批正朝他走來的喧譁，一切一切，都落後遠處。

他唯感覺到熱。不尋常卻熟悉的熱。

他揮手。鼻孔小洞如針孔攝影機的視野，四周糊焦，依稀見她從長椅站起，也朝他揮手。

他加緊腳步。同時發覺這熱來自自己，有什麼在蒸煮他的血脈。相較之下，行動之間碰觸到的 Kuma 內部塑膠反而冷涼。

Kuma的身體很輕，像自己的。

也許真是自己吧，她不都認出我了嗎。想著腳步更雀躍起來。

他疾行，近於跑。是他平常趕紅綠燈的速度。真的是自己的身體。

她在他面前了。他雙手前伸，猛力抱住她。她仰著頭對他笑，一如這麼久以來，她在電腦裡對電腦外的他笑，不曾抗拒他煢然的欲望。

沒有被拒絕的驚喜膨滿得他脹痛，並燒來更多熱。這才猛然發現自己終於，這麼久以來，終於能了。他喜地擁她跳上踞下，又不失下流地將腰向前頂。他要她羞，想起高中那通電話，想起這麼多年垂首電腦向她，帶著近於報復的猥褻。

她卻只管嬉笑。

他開始有些疲累，動作趨緩。

「Kuma你真的好可愛喔！」她雙手環上Kuma的頭，身體貼上，正好遮住Kuma的鼻孔。

他眼前一黑。

「唉唷，Kuma愛漂亮姊姊啦！」馬尾女的聲音從後頭追上來。

又周身一冷。怔怔佇立，不知是想起了自己，或是想起了Kuma。

＊

如果能換個人生，該誰的好？

遊園結束，他回到倉庫，卸下Kuma，蹲著與之相對。圓亮塑膠眼，半月形笑靨。

世界退得很遠，很多聲音透過來，是他一直聽慣的話語。「學學你弟弟吧」、大哥的吩咐及揍他時和著拳頭的髒字、「你好噁心」。馬尾女見他還不走，把倉庫鑰匙丟在桌上，順帶一句「我男朋友來接我了」。這些都微小而渾糊，頻率扭曲，抑揚失衡。像他在Kuma裡聽見的，眾聲迷幻為耳鳴。

那些他沒能活得起，太遠的人生。

Kuma卻離他很近。女人那句「Kuma你真的好可愛喔」也特別清晰。不知是他湊向Kuma或是Kuma貼向他，這麼近他發現其實從外面根本不會發現那兩個藏在鼻孔裡的小圓洞。

他從Kuma的鼻孔窺看眾人，眾人回望向Kuma的塑膠眼。兩造皆徒然。

這麼近，他看見Kuma的眼裡映著自己。

又更近，他看見自己的面龐在凸透的鏡面裡變形。

如果能換個人生，該誰的好？

*

隔天Kuma再度占據媒體各大版面。遊樂園倉庫裡遍尋不著Kuma，城市裡每個角落卻都閃現其身影。有人在捷運車廂內看見Kuma，有人說早在Kuma進捷運前就在站外的全家瞧見了。甚且有人騎其友朋，聲稱自己牽著Kuma過馬路；於是更有人競相炫耀Kuma走進某一公寓的照片，倍感榮耀地說自己是Kuma的鄰居。

電視新聞翻拍同一份YouTube影片。影片集結所有廣為轉貼的，Kuma出沒於城市大街小巷的錄影或照片。

無名的製作者上傳影片時下了個標題，十分庸俗也十足正確：「Kuma就在你我身邊」。

馬路

一隻蒼蠅落降窗櫺，他靜靜看著，不揮趕。

新家這扇窗弄了窗櫺，將世界切成格，每一格都像有天賦的繪者平時習練的速寫。這裡不見城市，唯林野濺滿了窗；唯海，在景觀的右上角，將一片山蝕成月缺。海起朝陽，金光滿過海面。再過一會兒，一沒注意，便要完全浮進空中罷。

也許該回身，喚醒他的妻與兒，邀他們賞。但又何必呢？住在這，海上日出是日常，隨時見得著。能住進這，不容易吧，他想。得攢積多少，又妥協多少，方方面面都欠了人情，才能將自己放入這裡？他記不清了。

回過身也許還有許多他應付不及的。幾箱陳物，幾樁舊事，前個住處裡的自己都還收著綑著。漆味與粉塵讓他覺得自己是新的，與過往無涉。

他又闔上眼聽。這裡該要很靜。除了自己的氣息，應該只有蟲鳴與鳥喧、樹款擺與葉挲摩，更留神些也許能辨出幾許海聲。這裡不該有車聲。

卻又有扎實的車聲刺進耳裡。狂躁的喇叭聲參差，人聲，準確來說是罵聲，倒真如海撲滾來。他猛地睜眼。

這是他今天第六十二次站在第十五道斑馬線上。迎面皆車頭，一雙雙車頭燈像怒瞠的眼。斑馬線方向的綠燈早已結束，他早該走回人行道，等待第六十三趟走上第十五道斑馬線。但他只是繼續雙手握桿，高高舉起「山海大苑」的牌子，牌子裡一面窗櫺，窗櫺裡一面山海。

都只是建商的庸俗想像。很近，不過掌心握桿與額上大圖輸出的距離。卻近得搆不著。不知是否這牌子舉久了，建商的想像滲透成他的空夢。不知是否他的空夢使他無懼，無視整條大衢的車為他壅塞。

機車紛紛挪移，汽車一一改道，他堅立如石岔開了車流。廢氣閃燈與噪聲經過他，他抬首再度望進他新家的窗，山與海，與凍結的日出。

他不會回身。回過身他會想起二度就業且鰥居的自己。回過身他會看見所有經過他的人亦回首瞥他，視他如棄的一眼。

他只是伸長右手，輕輕一撥，窗欞上的蒼蠅振翅，飛遠了。

得專心看著啊，他想。再過一會兒，一沒注意，朝陽就要完整了。

說話

身旁的女人不停說話，他有點厭倦，又有點感激。

但感激還是多一點吧。畢竟還有誰肯像她一般極耐心地對他叨絮？嚴格說起來，已經很久沒有女人這樣跟他說話了。兩個女兒，一個有了家庭，一個有了工作，都在外地，逢年過節方可抽空回來一趟。

不過一個月前倒是例外。

一個月前他太太走進浴室，再也走不出來。腦血管破裂。救回來，卻只能鎮日臥床，嗚嗚哇哇。他曾經努力過。不是說相處久了，有些語言之外的感應？他試著在她每次發出聲音時，幫她翻身、清理尿布、擦澡、餵食……總之裡裡外外都照顧一遍，她仍然嗚嗚哇哇。

再後來有了看護。她終於不再出聲。他見看護熟練將她擺成側身時，一滴珠液自她的眼滑過鼻翼，垂在鼻尖。看護沒有注意，而他沒有勇氣前去幫她擦拭。

他有點想念她細細碎碎，反反覆覆的牢騷。嫌他電視開得太吵，拖鞋趿得滿屋子響，飯都端去客廳吃，日常用品從不歸位。直到她已沉默的現在，他才把這些都改過來。

因此現在，他有點想插嘴，向身邊的女人道謝。只是女人的聲音從沒間斷。他關上車窗，聲音蕩在車裡，糊軟一團。這些話乍聽都一樣，不過他仔細分辨，這句的尾音稍長，那句的中間幾個字摻了些雜音。

他鬆鬆地陷進椅背，睏了，睡一會吧。一會就好。好久沒真正睡過了。女人的聲音卻瞬間停了。他猛然驚醒，向左瞥，按下車窗。

在重複播放「車位已滿，請稍候」將近十分鐘後，停車場入口取票機終於改口：「歡迎光臨，請按鈕取票」。

他像醒在一場夢裡。恍惚地，聽從女人的聲音，按鈕，拾起滾出的塑膠感硬幣。P檔排成D檔，含一點剎車，將自己滑進車道如一巨獸的咽喉。

灰水泥，白燈光，他經過一個個不同牌子的車頭。左手緊握硬幣，右手操控方向盤，時速指針在接近零的邊陲擺盪。就這樣緩慢，近乎停滯地，他在偌大停車場裡尋找一個可以安放自己的格子。

虛掩

七七之後翌日，妻回來了。

那天，他從前晚七七結束後的昏睡醒來，已是第五十日的正午。髮際和脖子悶蒸一層黏膩的汗，電風扇徐徐調頭過來，痲癢癢的。起身摸至冷氣遙控器，抬眼才發現定時關機的冷氣早已停止，室溫顯示三十度。

就這麼坐在電風扇的低吟中，許久，許久。倒不是昏沉，也沒在追憶，他只是非常困惑：今天該做什麼？

已經無事可做了。四十九日以來，他接獲許多表單，死亡證明書、殯葬費用請款單、骨灰暫存所需的聯絡明細、放棄急救同意書、家祭公祭流程。他寫過很多次，自己的名字、妻的名字、他們的關係、電話、住址、身分證字號。

做七法事決定在家裡進行，法師說，這裡才是亡者安適之所。殯葬業者牽線聯繫到的作法團體，以「法師」為LINE的名稱，妻後第三日加他為好友，從此他時常和這「法師」LINE。他猜LINE的那一頭應該是幾個人共同管理這個「法師」帳號，因每一次對話，回覆他的遣詞總有些不同。他遵循LINE來的指示，在第五日清空客廳，下午便有人扛著鐵架、布幔和佛像，組裝靈堂，妻在三尊佛像及紅燭黃燈之中對他微笑。之後就是每一次七日，按照LINE的法師指示，準備貢金，跪奉披衫跨入客廳的法師。每週的這一天女兒不會加班，總是在法會開始前半小時就回家，布置花果、飯食、揀除殘香與斷燭。女兒在第三十天請假，那天告別式，業者說日子合適，他禁不住淺淺一笑，沒有回答，那天是他們的結婚紀念日。告別式後尚有五七、六七，及至七七，法師一面念禱，一手執妻的照片，一手取靈堂上一燭火就之，燃點邊緣後墜入鐵桶，併以咒符、連日積累的殘香斷燭。繼骨灰後他又眼見妻幻化一朶煙灰。靈堂拆落，恭送法師及佛像，四十九日結束。五十日開始，滿室僅存尚未消散的煙味，以及他一人，坐在床沿，恍然無所事。

卻是此時響起鈴聲，使他醒轉。戴上老花眼鏡，按開手機，法師向您傳送圖片。再點開，圖的底色緞紫，背景坐落巨大蓮花，其上覆蓋疏密不一金色標楷粗體字：「往事已矣，來者可追。生者當放下不捨亡者的執念，多為稱誦法號，迴向亡者。另也應整理分送亡者之物，為其多結善緣，布施有所需者。肉身雖朽，因緣仍存，常提正念，南無阿彌陀佛。」他選取「Thank You」貼圖，傳送，法師已讀，不回。

揉眼起身，他決定依法師所言，開始整理妻的衣物。踱出房間，行經女兒臥房，瞥一眼，女兒早上班去了。走廊轉彎是浴室，而後客廳，他望向玄關彼端，棲著女兒的室內拖鞋。再右轉就該是妻的房間，他不假思索正要直接走進去，卻險險撞上關起的房門。

壓下門把，才驚覺，是鎖著的。又反覆試了幾次。是鎖著的。

睡得太長的混沌瞬間抽起一絲精明的思緒，晶晶瑩瑩纏繞：房門只能從裡頭手動上鎖或從外頭以鑰匙上鎖、鑰匙因根本用不著連放在哪都不知道、這扇門是房間唯一的對外通道、女兒不在。

思緒糾結眼裡，融為液體。那一刻，他毫無疑心。妻回來了。

他敲敲門，輕喚妻的名字。然後等待。門會打開，或者不會，他其實不太確定希望哪一個發生。如果妻來應門，那該說些什麼呢。仔細想想，這還是第一次和妻分別這麼久。結婚之後，他們就是鑲嵌在這屋子裡了，唯一獨自離開的時候就剩他偶爾出差，那也不過三週以內的事。總之就是相識而後結婚，日日夜夜看著對方臉形身形髮型逐漸離當年越來越遠。卻也相去不遠。人還是那人，無論來應門的是前些日子臉上身上橫滿急救管子的妻，或是初識時一雙眼轉得精明剔透，貓一般玲瓏輕巧的妻，他都認得。

再敲一次門，妻的名字又從嘴裡滾落，他聽得出有些顫抖，兩個字落在木質地板，碎入沉默。

時間凝結，他屏住呼吸，身體暫停在敲門的姿勢。

什麼也沒發生。

日光在玄關那頭，淹進窗子，車聲人聲潮起潮落，仍然運轉的現實世界排浪而來，他鬆懈呼出僵持已久的氣息，依著門滑坐地板。

妻回來了。但妻沒有開門。法師說的整理遺物這下做不成了。可是妻回來了，那還算遺物？要不傳LINE問問法師？還是等女兒下班，告訴她吧？

地板和門板的溫度涼涼地滲進他的身體，恍恍惚惚，才剛睡醒的他，又漸漸盹著了。

再度醒來，是女兒打電話回家裡，說今天要加班，要他自己先吃，晚上也早點睡，別等門了。

終究，妻回來的那天，他沒能告訴女兒。而關於女兒，他則有好多想和妻聊聊。

妻回來的隔天，他起床後巡過一圈家裡，女兒不在，妻的房門仍如昨天鎖著。沒辦法動妻的衣物，只得將這一個多月來他和女兒堆積的衣服丟進洗衣機。半小時後一件件抖開，他才發現這裡頭完全沒有胸罩。後陽臺熏熱的風拂過晾衣桿上每個衣架，黑色襯衫、深灰色T恤、又是黑色襯衫、深藍色襯衫、白色襯衫、西裝褲、西裝褲、西裝褲……若不細查其間尺寸和裁剪差異，還真分不清他和女兒的衣服。

女兒不像女生。例如那頭短髮。或者她每天上班穿的那雙貌似尺寸較小的男士皮鞋。但女兒確實是女生。每個月總有一兩天，妻會煎好一碗藥端進女兒房內。女兒蜷坐床沿，枕頭用力按在腹部，即便是正熱的夏天，仍然披披掛掛。偶爾一陣痛起來，女兒像被某種巨大外力綑綁，整個人遽然縮起，咬著牙卻仍有細細的嗚咽洩漏。他在外頭湊近虛掩的房門，自細縫窺望，看妻摟住女兒，看女兒有時痛得身心脆弱，窩在妻的胸口，看得自己茫茫發著慌。

妻說，女兒的體質遺傳自她。西醫的檢查做了，中醫的藥、推拿、針灸也都試了，仍然每月彷彿遭臨一場大病。妻說自己以前也是這般，「倒是生了她就好了，」妻苦笑，「這樣到底是好是壞呢。」

但這五十多天以來，倒沒見過女兒那樣難熬。在後陽臺夾妥最後一隻襪子時，他忽地納悶，連那幾天暴增的廁所垃圾，還有浴洗後偶爾不慎滴沾的跡痕，也都未見。怎麼回事？身為一個將近六十歲，所有性經驗都是和妻一同發生的男性，念及自己的女兒似乎五十天以上都沒來生理期，他不免有些或重或輕的揣測。想著便踱到妻的房門，敲門，輕喚妻，試試把手，貼上門問起那碗端進女兒房內的藥是什麼配方。沒有回應。女孩子有時候身體失調也會這樣吧，他說。沒有回應。妳每個月都要煮給她吃的那四物雞，不太難吧？

沒有回應。他長吁一氣，轉進廚房翻找鍋子。一併也尋到常備的四物藥包和一盒冷凍肉塊。應該不難吧，他對著流理臺上三樣東西發愣。冷凍雞肉盒邊隱隱化出一灘水，他的記憶渾糊，四處流淌，以前三個人圍這一鍋雞，尋常無話的時候，妻便喃喃唸起這雞該怎麼燉。每一次的聲調和停頓都相同，他毫無留意，反正，下個月這雞仍是妻會料理的。水漫到他托著流理臺邊緣的手，他索性拆掉盒子，生雞肉和藥包全丟進鍋裡，盛滿水便上爐子煮。

火烘得他雙頰發燙，汗濕衣領，一面撈浮沫，一面看著透明水漸漸暈黑。他從褲子口袋掏出手機，LINE，點按女兒的大頭貼。我煮四物雞，晚上回來吃吧。送出。女兒秒回，一張「okay」貼圖。貼圖小人貌似挺興奮的，他不確定女兒的表情為何，還想寫些什麼，輸入處的直線閃爍，心底閃過紛雜斷語。倏忽湯水大滾沸出鍋緣，爐火瞬熄，隨之白煙蒸騰，瓦斯味衝鼻，他忙地擱下手機。白煙消散時，他想起前天妻的照片燒起來是很濃很濃的，黑煙排空，順著向上望，夜晚的天空正如一鍋透明水漸漸暈黑。

燉一鍋雞，到底還是有些難吧，他拿捏不準，煮得骨肉分離。夏日傍晚七點的天空還殘著光，他全身褪得只剩一條四角內褲，盤坐餐桌一角，遠端望見玄關的窗戶框住墨藍的天，近則端詳和他垂直對坐的女兒，舀起黑黝黝湯水，瓢裡都是骨頭，牽掛零零散散碎肉。

今天據說是入夏最高溫，他和女兒分著吹電風扇，藍色扇葉轉向他，復擺過去，女兒上了一整天髮蠟的短髮，僵持不住，垂落幾綹晃蕩額前。女兒的短髮，削去兩側，僅留頂部，每天做不同造型。他曉得這是流行，路上的年輕人，做七和告別式見到的親戚晚輩，大多這副模樣。只不過，都是男孩子。女兒袒露的額頭沁出汗珠，他想起告別式那天，家屬列隊答謝，司儀囑咐男眾一邊女眾一邊，女兒跟在舅媽後頭，司儀又提高音量，男眾一邊女眾一邊，伸手向女兒示意。女兒仍然垂首，大抵還沒意會到司儀對著自己。終於司儀離開他的位置，走進女性家屬，拍拍女兒的肩，另手仍持麥克風，男眾一邊女眾一邊。

站列的家屬和排隊的外人，一雙雙浮腫的眼接連抬起，觀望這秩序之外的插曲。是漫淹的涕淚或空調不盛的會場，又或是祭儀翻騰起的濃濁思緒，家族眾人一時間都沒能反應過來，一些辯駁一些澄清，哽在喉頭。包括他自己。他正要上前，女兒卻一言不發，埋頭，從女眾那邊，承著所有人的目光，越過前臺中央，達抵他身邊。他回過頭來，見她一滴汗自袒露的額際沁出，滑至眼角，一眨便滲入眼瞼，染紅眼眶。

女兒肯定委屈了。可他又想，覺得這事委屈或不委屈，哪一個對女兒才真是委屈呢。無論如何，總是不容易吧，女兒這樣子。

女兒這樣不容易，應該還會在家住上好些時日吧。這五十幾天，沒有妻徘徊於他和女兒之間，梭織兩人幾無交集的日常和近況，安靜便濃稠地滲進每個角落。總是女兒起得早，他起得晚，不喝咖啡的她會溫一壺咖啡給他；女兒常加班，回來得晚，他一日忙完瑣事，便早早睡去，睡前他會留紙條告訴她冰箱有什麼方便熱起來吃。他們在平日錯過作息，在假日沉默地錯身，偶爾會有今天這麼一天，他們無語對坐一餐。他有時揣想，日子是否就要這麼過下去了，一方屋簷，兩個人，各自獨居。

意識到這些，他忽然非常想見到妻，踅到妻房門外，一次又一次壓下不會動的門把。遠邊浮著女兒洗碗的水聲，手裡的門把碰碰撞撞，他焦急起來，彷佛被鎖著的是門外的自己。

他渾身浸滿門把的磕碰，直到女兒喚他的聲音穿過他瞬間靜止的心搏。他驚詫回過身，擋住門把像藏著一個祕密，但其實他想告訴女兒這個祕密，妻回來了，不，如果是要和女兒說的話，應該是，妳媽回來了。五字堆擠喉頭，兩人視線交纏。

再一次，告別式那天一般，他正要說明什麼，女兒卻已垂下雙眼，離開那個話語梗塞，空氣繃至險些綻裂的現場。

＊

七七之後一週，他一如往常醒得晚，房間蒸熱，空氣溽濕。拖起身子，開門，行經女兒房間，轉彎，浴室，客廳，女兒的拖鞋擺在玄關邊緣。這週下來，他已習慣每天起床巡視家中，確認沒人，再試試妻的房門把手。於是一如往常右轉，一手早已舉起，正要搭上門把。

卻探進空無。

妻的房門敞開。

他一時怔忡，佇立房外。這分明是他多日試探，隱約希望發生的事，但真發生了，反而有些虛惘。

或許因為仍沒見到妻吧。

謹慎步入，環視房內。一張單人床，床頭有矮置物櫃，床尾和梳妝臺之間僅容一張座椅，梳妝臺旁立一座組裝式衣櫃。五件家具幾乎填滿整個房間。他仔細檢視每個平面，置物櫃上的鬧鐘、乳液、護唇膏、眼藥水；床上折疊好的棉被壓在枕頭上；梳妝臺的鏡子蓋下去了，成為一個小小桌面，化妝品應該都在桌面下，桌邊只擺面紙、化妝棉和棉花棒；衣櫃關著。

房間沒變，像誰來過也像從沒住過誰，那便是妻的模樣和性格了：整潔，清淨，思緒和習慣都收納妥當，沒有明顯的生活跡痕，例如隨手掛在椅背上的衣服，或底處殘一口茶的杯子。妻的房間收拾得像家居用品展示間，任何人都能進來，沒有負擔地坐坐。

也隨時都能離開。念及此，他有些心驚。

當初決定分房是妻的意思。妻的更年期症狀犯得凶，他幾次夜半醒來發現妻跪在廁所裡嘔，沒有指責但十分哀怨說自己暈得厲害，他頻頻翻身她就像在暈船。這下連同他也睡不安穩，最後妻提議把儲藏室清空，權充她的臥室。一人睡雙人床，他還是只躺左半邊，是睡得舒坦了，只是偶爾翻向右側，一手伸過去卻探了個空，他會訕訕把手收回被窩，有些茫然想著，不知妻一個人睡得如何，平日妻一個人在家，又如何。只不過分房睡便覺得妻神祕起來。

或許妻的衣櫃藏了一件沒在他面前穿過的洋裝？還是掀開化妝桌會發現一個不是他送的墜子？像現在這樣獨占妻的房間，還是分房以來第一次，他大可打開衣櫃解答各種揣想。但他沒有，比起忖度將近兩個月不見的妻是否有過他不知曉的另一面，此時的他更加惶然，又一個禮拜過去了，還是沒見到女兒每個月如臨一場大病那樣虛弱的時刻。他坐在床沿，雙手向後撐，毛巾被搔得他有些不安。

許多念頭旋繞，在他心底膨脹，發酵，最後冷不防洩出一句，「妹妹好像兩個月沒來……那個了啊？」他措詞非常小心，小心到有些結巴，彷彿有誰正在傾聽。

他和妻叫女兒「妹妹」，好像女兒上頭還有兄姊似的。事實上，他們沒能來得及知道第一個懷上的孩子究竟是哥哥或是姊姊。妻還為此服過一陣抗憂鬱劑。那是他記憶所及妻唯一懈怠家務的時光，時常他回到家裡，屋內昏暗，他從玄關至主臥房一路開燈，每摁亮一盞便照見一些頹敗的軌跡。茶几上積滿一週的報紙和廣告傳單，浴廁熏著只有停水時才會有的惡臭，洗碗機胡亂堆著的仍是前天的碗盤。及至主臥房，他佇立房門外，還沒開燈就曉得裡面的情況。聲音比光更早砭刺過來，妻趴在雙人床旁空蕩的小嬰兒床，兀自哼著難辨的旋律，微風輕晃嬰兒床上的風鈴，各色卡通化動物懸空款擺，鈴聲碎在妻連日沒褪下過的睡衣。

他想不起後來妻是怎麼好的。待他意會到時，才發現家裡又回復以往的模樣，回到家都像走進家居用品展示間。妻打理屋子一如後來她自己睡的房間，清淨，整潔，該收納的與該擺出來的都各居其所。一間房子掃得連日子的餘燼都沒有，多了誰或少了誰都不顯突兀。他現在才了解，這或許是漫長的，離開的信號。

而無論女兒長得多大，妻還是會在那無名的孩子該出生的時候，問他：「不曉得是男生還是女生？」

生出來的女兒為妻承擔每月一次的苦楚，沒生下來的孩子卻是妻一輩子的懸念，魍魎隨行每一次稱呼「妹妹」。他明知這一切對女兒十分不公，卻也默默守起妻的成規，並暗自希望女兒沒聽出蹊蹺。

只有那麼一次，女兒對他們這聲稱呼提出疑惑。那時她做幼稚園的剪紙作業，連自己的頭髮也一併剪下，他們看她沒傷到便隨她玩去。卻是那晚外食，女兒如常搶著付錢，捧著鈔票和帳單走去收銀臺，一會小跑步回來，雙手把找零散在桌邊，晶圓圓一雙眼探向他們：「我是弟弟還是妹妹？」他們被問得一愣，女兒又歪頭說，「那個阿姨叫我弟弟。」

女兒的頭髮從那之後就再也沒留長，隨著升學階段越剪越短，當其他女孩還在和髮禁邊緣拉扯，女兒的短髮已遠遠不及髮禁的長度。真正留長的是他和女兒的距離。他還記得女兒第一天上國中，薄透的制服襯衫隱約現出運動內衣，關上門回過身時裙襬旋出膝上細瘦的腿，那一刻他看女兒的眼光便和以往有些不同。女兒亦有所覺察，坐上機車後座不再如幼時攬住他的腰，而是向後抓著扶手。女兒的前胸和他的後背隔出一隙，彼時九月，秋陽烤得他頸項和胸口燥紅，倒是背上只覺涼索。

他和女兒之間那一隙拉成一絲長髮。兩端皆無語，但女兒仍能在無語中覺察他這一頭的震動，如近來幾次做七，她會在他跟丟誦念的經文時伸來一隻引路的指尖。或是告別式那天她走來男眾這邊之後，每一次家屬答謝下跪，起身時，她便撐著他的胳膊，似乎早已看穿海青裡頭他的膝蓋顫抖。但反過來，他其實不太明瞭女兒究竟需要什麼，這段日子他不曾目睹女兒的眼淚，不曾遇上女兒一個月發生一次的脆弱，於是甚至沒有機會像妻一樣，在女兒那麼難受的時候摟摟她的肩。

他向後支撐的雙手一鬆，就這麼倒在妻的床上，靜靜地說，「好像還是妹妹照顧我多一些啊。」七七之後一週，他醒來之後的時間是祭儀當中那條海青，那樣長，那樣絆人，教他才剛起床就又陷入海青一般的黑昧。

直到一道亮光扯掉那矇住他的昏暗。他驚醒，倏地坐起，瞟向床頭鬧鐘，已是晚上七點。

「你怎麼睡在這裡？」女兒走向床邊，一手拎著西裝外套，一手插著口袋。

他沒有回答。他不確定該怎麼回答。要從妻回來的那天開始說起嗎？

他靜靜垂頭，女兒放軟聲音，「你這禮拜都沒出門吧。」

這他更不確定了。或許是，或許不是。是的那邊大概多一點。他睡得太長，長得每一天都恍惚，甚至女兒這一提他才發現已經一個禮拜。

「爸，你要出去走走。」女兒乾脆蹲下，挽起他的視線。

從這角度能窺見女兒襯衫上頭敞開的衣領，頸脖、鎖骨、一點點胸口。視線閃避，向上攀，爬上那削去兩側僅留頂部的短髮，再沿著垂下來的幾綹落進女兒的雙眼。他緩緩開口，終於說出今天第三句話。

「我在等妳媽回來。」

*

七七之後四週，他依舊睡到中午，不過醒得一點都不拖泥帶水，他很清楚，接下來幾天，可有得忙了。

他一逕走到妻的房間，毫無拖延，不沿路巡視女兒的房間、浴室和客廳，也不觀望女兒的拖鞋是否擱在玄關。

妻的房門仍然敞開。他的視線輪流停在每個家具上，最後決定從床頭置物櫃開始。彎下腰、撐住下盤——置物櫃騰空而起，他的腰部蔓延痠軟。

三週前睡在妻的床上還有女兒的叮嚀給了他靈感。那天以後，他的白天都是搭公車換捷運，直至城市邊緣的家具大賣場。他決定出去走走，幫妻買一張新的床。現在的睡起來不夠舒服，當初以為分房不會太久，只將就地湊一個床架，一張薄薄的睡墊。

賣場偌大，他毫無頭緒，隨動線曲折蜿蜒，直到前後都望不見出口，才曉得被困在蛇腹之中。平日白天還能來逛家具賣場的人比想像得多，偶爾他恍神，偏離或悖逆人行流向，免不了一番摩擦踩踏，便縮起自己細聲道歉。如此不一會就十分疲累，他就近找一張沙發坐下，茫茫四顧。來這裡的人大多年輕，孩子還偎在懷裡的夫婦，或許多像女兒那樣的女孩子，給另一個像普通女生那樣的女孩子挽著。女兒是否也有這樣的時刻，那麼挽著她的另一個女孩子又會是誰？或者，儘管難以想像，當他看著一對男孩摟著彼此的腰，他會想或許那其實是一個像女兒那樣的女孩子摟著一個男孩？但他並不確定是否希望女兒真的摟上男孩子的腰，畢竟這麼久沒見著女兒來生理期了。

一切都令他困惑。他離開沙發，沒幾步路，又沿著一張床倒下來。眼前刺進幾束聚光燈，他側過身，再翻另一側，靜靜望著熙來攘往的腳步，牽著勾著的手。之後又起身，躺到另一個，沒一會兒再換一張。就這麼躺遍寢具區的所有單人床，他仍然無法分辨其中差異，無法決定買哪一張。只好繼續前行，最後抱了一組四人份的碗筷組，排在長長的，每一臺推車都滿載雜什的人龍尾端，輪到他結帳時店員有些疑怪他只買了一樣東西。他沒有辦法解釋為什麼在深海一般的家具賣場繞了一下午，最後只揀取一顆無關緊要的石子，也無從解釋為什麼偏偏是四人份的碗筷組。他一直以來都不知道怎麼解釋那令他困惑的所有。

當然他沒有告訴女兒，往後的每個平日白天，他都在同一賣場徘徊。他依舊躺過每一張床，再挑一件不特別需要的貨品結帳，隔熱墊、桌巾、浴簾、馬克杯、靠枕、拖鞋、鍋具、沙拉碗、乾燥花……一天一件隨著他捷運換公車，像蒸騰的暑氣晃晃蕩蕩回到家。不過屋內並沒有因此一點一點除舊布新。他把所有買來的東西都推到雙人床空曠的那一邊。

直到昨天他在動線中尋著一條意外的岔路。岔路延伸至房門，門上吊牌：「快來看看我們的新房間！」他壓下門把。

門後是和妻的房間差不多小的臥房展示間，家具擺得較多，卻感覺比妻的房間寬敞。或許因為衣櫃門上的鏡子複製出不存在的空間，或許因為懸吊式櫥櫃不必占據行走的面積，或許是桌子的材質，或許是那張平時可收束成沙發的床。他躺上床，枕著雙手，水氣機散出的清新氣息中，他依稀望見妻走在剛下過雨的路上，脂粉味裹在豔綠水氣裡。這裡誰都可以進來，也隨時都能離去，而此時人聲雜沓退得很遠很遠，遠得彷彿那條彎進這裡的岔路正被一點一點拭去，獨留他在這裡，這裡妻會喜歡，電視機上的硬紙板「讓您的小臥房擁有大空間！」啪嗒啪嗒作響……

他倏地坐起，心思澄澈，水氧機的芬芳滌去連日困惑。只給妻買一張床，太少了，他想，他要為妻買下這整間房間。

下了決定後一切都容易起來。如同七七那一陣子，他又接獲許多表單，信用卡簽單、運送單、購買證明、會員入會表，順著格子留下自己存在的佐證，電話地址生日 **Email**，一遍一遍寫上自己的名字，盡量不去想表單裡沒有一個關於妻的格子。買了沉沉一整間家具，腳步卻愈發輕盈，這一天他不再抱個貨品回家，反而買支霜淇淋，多走一站捷運，任憑濕熱太陽舔得他滿手黏膩的香草與奶香。

而後就是今天，七七之後四週，他得趁搬運公司來之前將妻的房間清理妥當。他舉起床頭櫃，搬回自己的房間，想把床頭櫃拖進衣櫃，才發覺這三週下來日日積累的雜貨已經從雙人床的一邊，堆積到地上，延伸至衣櫃中。這下只得盡數拆封，分門別類鑲嵌到家裡的每個角落。於是浴簾從藍色泡沫圖騰換成繽紛幾何拼貼，女兒放在玄關的拖鞋給換了一雙，客廳茶几多一只盛滿乾燥花的藤籃，沙發上再添兩個靠枕，桌巾重鋪，馬克杯舊的新的共擠一個杯架。摁亮新換的黃燈，屋內大抵還是舊的，但他寬慰一笑，想著妻或女兒回來了，就能採摘這許多四處暗生的新。

手機鈴聲卻攪亂他的耽想，女兒的LINE，今日又要加班晚歸。於是四人份的碗筷組只有一套沾進晚餐的油水，而白天一番意料之外的折騰，讓他無心繼續收拾妻的房間。他早早睡去，踅回房間的路上關閉每一處燈。終究他費盡一日點亮滿屋子的新，只得自己一人再逐一吹熄。臨睡前他設了七七之後第一次鬧鐘，以便明天早些接續整理的工程。夏被如薄薄的期待罩著他，僅僅有一件事情在日子的遞換處等待，便足以使他渾沌模糊的生活逐漸聚焦。冷氣低吟，電風扇間歇拂過涼風，他的雙腳蜷回被裡，緩緩睏進鬧鐘沉默的倒數。

隔日，七七之後第二十九日，他醒得比鬧鐘早。這麼早，他想，清出一些妻的衣物之後，還能為女兒準備早餐。這麼一想心底便很飽滿，匆匆走過女兒的房間、浴室、走廊盡頭是客廳，右轉一踏就會是妻的房內。

關起的門卻讓他急煞住自己。

定神一瞧，門不全然是關著的。是虛掩的。

他湊向門縫，清晨微光從玄關漂至房門這端，殘存的味暗中，依稀能辨出衣櫃敞開。氣息則更早一步竄進他的身體。是妻的氣息，脂粉味裹在下過雨後濕漉漉的水氣中，那樣翠綠而透明的氣息。而後是呼息。他屏住呼吸，門縫卻洩漏出淺淺的，不均勻的喘息。

他一點一點將門縫推得更寬，身體卻揪得更緊，門後的妻無論是什麼模樣，他都認得。門躡得咿咿呀呀，他努力抑住那一聲湧向喉頭的呼喚。

床上覆滿妻的衣物，堆堆疊疊，內衣便衣洋裝長褲禮服套裝互相糾纏。看來孱弱的背影身陷其中，穿著妻的睡衣，垂墜的棉質和各種衣物的掩蔽下看不清身形。但方才門的跫音已將那背影慢慢朝他翻轉過來。

他首先看見削去頭髮的右側臉，而後是僅留頂部的髮，沒有髮蠟，隨著轉身的動作從左側垂墜右側，髮尾浸濕汗水，散在臉上。

女兒一手抱著妻在冬日常穿的大衣，偎著大衣領口彷彿棲在誰的胸前，另一手則糾扯妻的衣物成一團扎實的枕頭，按著下腹部。穿過披亂的髮絲，女兒望他的眼神，有些驚詫，有些瞭然，有些想說但又遭身體內的劇痛倏地掐斷的話。女兒縮起身子，像被無名的外力綑綁起來，咬緊牙齒卻關不住衝出來的嗚咽，隨後是沉沉的喘息。女兒的汗與體溫將妻的氣息翻騰得更濃烈。

不知不覺他已逐漸走向前去，感覺踢到什麼，俯視但見塑膠袋包裹起來的，紅白相間，半乾未乾的血漬。他停下腳步，不知為何無法再向女兒跨出一踱。而後望向床尾的梳妝臺，擺著一把鑰匙。他一眼就明瞭，那是連他都不曉得收在哪裡的，妻的房間的鑰匙。

當然他也同時明瞭了其他所有。他不確定自己是否應該再向女兒靠近，自從女兒不再在機車後座抱住他，他就再也沒碰過女兒的身體。他更不確定的是，若他一掌撫上女兒的肩，是否就會拂去妻留在女兒肩上那些安慰和陪伴的手勢。

他握緊沒有伸出的手心，悄悄向後，退至門邊，按下內側門把的鎖，再退到門外，一點一點闔上門，門縫越關越小，越過虛掩的邊緣，喀噔一聲，他再試一次門把，已經無法從外頭打開。

轉向廚房，他翻出鍋子、一盒冷凍雞肉塊、一包常備的四物藥包。盛水上爐子，開火，望著一鍋透明水逐漸暈黑，他曉得此後一週妻的房門都將無法開啟。待天再亮些，他得打給搬運公司，請他們晚一週再送貨。他思索到時也許需要解釋什麼。

就這麼說吧，妻回來了。

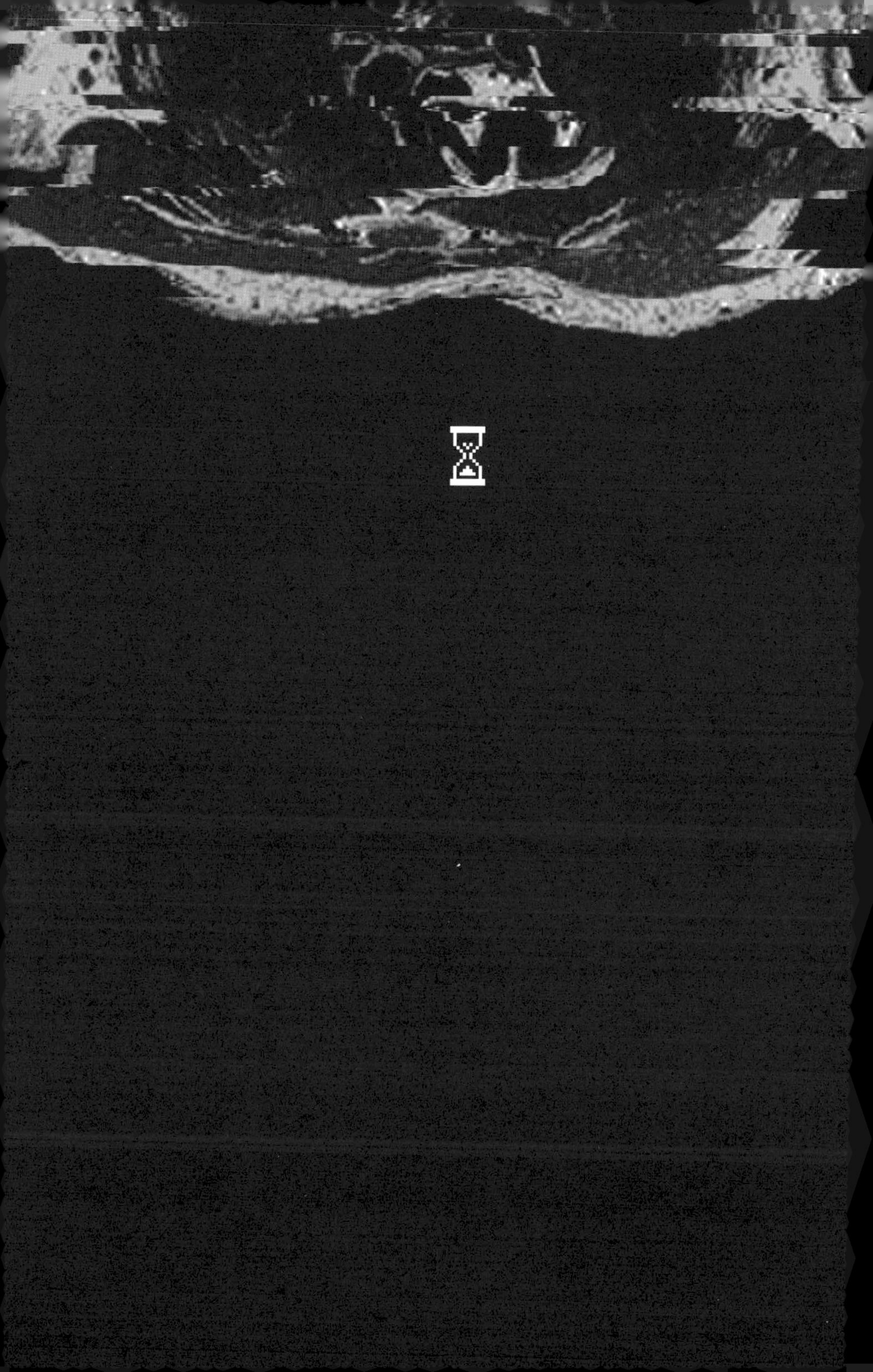

剝落

應該只是搔癢而已，卻連著皮肉也剝落下來。

更準確地說，是右手背皮膚及其下每一層筋肉都順著她搔癢的手勢掀起，她再撕下那一塊皮肉，不痛不癢，不著一滴血，像剝去一片蛋殼。大概一張郵票大小，透過沒有皮肉的凹洞，可以直視自己的骨頭，以及周邊皮膚斷面。她試著伸張手指，那些可以透視的肌肉與筋脈便緩緩抽動。再把剝落的皮肉對準裂口擺回去，但手心轉上手背朝下，那皮肉又沉沉地落下。

落在她下班順道買的一包滷味塑膠袋口。袋內還剩幾塊豬頭皮，袋口擋著她自己鮮紅的皮肉，她隱隱有些反胃。怎麼回事？或許應該掛急診？還是乾脆左手幫右手拍照，上傳，拜問臉書大神？或者私訊？她瞬間想過許多名字，三不五時見個面的，但不知怎地在這樣的時刻，沒一個名字可靠。心思湧上來，醞釀喉頭，想喊一個人，誰都好，最近的人。沒有成形的呼喊堵塞呼息，直到她的視線環繞一圈最後停在茶几對面，電視機內女主播。那是離她最近的人了，每晚八點伴她吃快煮麵配路邊隨便買的小菜的人。

一口氣倏地洩盡。總有這樣的瞬間，比任何時刻都明白，自己是一個人吃飯。一個人吃飯，一只鍋盛水下麵撒調味料丟幾片青菜就端到茶几開電視，路上買的外食直接以筷子伸進塑膠袋挾。萬萬不可裝盤，不可費心經營，越豐盛越空虛，她猶記得最近那次四十歲生日她特意早下班，買菜備料為自己做了兩菜一肉一湯，掀開電鍋，白煙撲上臉，一滴淚就這麼沒來由地滑墜下頷。她十分警覺抹去，迅速抓來手機，拍照，「一年一次，好好為自己煮一餐」，選擇感受「覺得幸福」，上傳。後來便有一百多個讚和一個晚上回覆不完的生日祝福。

自己那塊皮肉暫且推到旁邊，鍋裡剩下的湯水麵條倒進滷味塑膠袋，困惑和焦慌還沒退去，但她忽然感覺比起釐清自己身上發生的事，收拾一餐的剩餘似乎更加踏實。只是正當扭開水龍頭，她又納悶起來：手背那缺裂是傷口嗎？

深及見骨的傷口可以碰水嗎？

於是匆匆下樓進便利商店，找到手套。結帳時非常謹慎把右手藏進外套口袋，左手伸出接過發票時，瞥了店員，僅僅一眼就凝結了她。

年輕男孩的整圈脖子都沒有皮膚，只存骨頭。和她一樣，斷面異常齊整，她想男孩可能也拿那一圈剝離下來的頸肉沒辦法。

男孩看懂她的眼神，擺擺頭，指著扭動的骨節，「突然間就這樣了，剛剛上班前套上制服的時候，它就這樣，」男孩做了撕扯的動作，「自己順著我脖子掉下來喔，媽的我還以為我要死了勒。」

她訥訥地點頭，想著如果方才自己不只是掉落手背上那一小片，而是像男孩這樣，她會如何。「結果好像也沒怎樣，碰水也不會怎樣喔，水會順著骨頭流下來，到了這邊，」他的手指沿著骨節比劃，到了鎖骨上的皮肉橫切面，「就會流過這面，再回到沒事的地方。」

所以手套白買了。不過她十分慶幸自己走了這一趟。一個二十上下的便利商店打工男孩，一個離她那麼遙遠的人身上發生了和她這麼類似的事，光這麼想就令她安心。她收起手套，洗滌鍋筷，右手背沒特別感覺，男孩所言不假，她又安心一些。剝落的一小片膚肉收進密封罐，睡前她舉起右手背端詳，或許明天這個現象就會占據所有新聞版面，臉書上會有各種「你身上掉了一塊肉嗎？醫生告訴你五個你必須知道的可能原因」之類的文章。她淺淺一抿，就這麼含著安然睡去。

不過隔天仍和昨天一樣，尋常地運轉。一早打開新聞，和昨晚不同的女主播講的是和昨晚雷同的內容，右臉頰缺損一塊，頰骨露出，但神情沒有絲毫異樣，沒有任何關於身體少一塊肉的報導。通勤時她稍稍多留意周遭，對座的女子與其說是撐著右臉打盹，不如說是捧著右邊牙齒和臉骨；身旁站著穿西裝的男子，左手一伸，手腕探出袖口，手錶扣到最緊了仍然鬆鬆地垂吊在那整隻沒有皮肉的手，錶面因重量轉到下方，男子只得將手腕舉起，由下往上看時間。似乎發生了什麼卻又彷彿什麼也沒發生，尋常與淡然熨平她心底的波折，原本緊蓋在右手背上的左手，逐漸鬆懈。直到她進辦公室，按指紋打卡，再收手時，發現右手大拇指的皮肉就這麼黏在指紋辨識機上，她趕緊取下，收進口袋。忽然，比起自己又散落一些皮膚，她更加在意：如果十隻指頭的皮肉都掉光了，該怎麼打卡上班？

回覆客戶郵件時她數度因而分神，切換視窗，來到臉書，捲軸不停下拉，這才發現許多好友的自拍照，那些「Ya」的手勢，早已是兩隻細瘦白骨。而臉書不愧為大神，已讀她的困惑，回覆以贊助廣告，「找回原本的自己！」顯示圖內為一女子正面，左側臉盡去皮肉，一只眼珠孤獨地鑲嵌在骨架當中，手捧一人頭模型，模型的右側臉一如服裝店櫥窗中的人形模特兒，僅具形體而無面容，左側臉則形同那女子完好的右側臉之對稱，唯眼窩是深不見底的暗黝。

點進連結，才曉得是針對皮肉脫落者設計的人體模型，供所需者將自己剝落的皮肉按相應部位黏合上該人體模型。貼上人體模型的皮肉不會再掉落，且每塊皮肉之間的隙縫也會在接合時完美修補，不殘跡痕。有各種體型可選擇，也可只單買某一部位。像她擔憂的打卡，便有一款商品為大拇指模型，買家只須將剝落的大拇指皮膚貼上，帶著上班，指紋打卡就不再是問題。加價還能在模型一端鑽進鑰匙圈，「可以扣在鑰匙串上，攜帶方便，不易遺忘！」商品描述如是。

於是她又回覆幾封信，再切換到人體模型的官網；打報表打得眼花撩亂時，又轉到網站四處點閱；吃午餐時細讀付款、配送、退換貨問題；晚上吃過飯，她忽然意識到不遠的將來可能再也用不到面膜，便趕緊拆開周年慶買來的囤貨，面膜的精華液涼冷貼膚，她掀開筆電，進入網頁，把一個人體模型放入購物車。

接著是一連串繁冗的資料填寫，身高、體重、臂長、腿長、身長、腳長，根據購買者的體型業者將配送最合適的模型。她依序填寫，拿布尺測量，十分誠實，她並不奢望最終那個黏著自己皮膚的模型，要成為廣告明星那樣的身材。只是到了最後一個選項，她仍然不夠誠實，或者說，她太誠實了，誠實得避不了那一閃而過的念頭。不曾和任何一個男性交往過的她，在性別欄位中，點選「男」。

結帳的瞬間，她鬆鬆一哂，沒留意敷得太久的面膜逐漸刺癢皮膚。一個人走不完的漫長日子總算等到一個會陪伴自己的男人。

一週後她終於等到快遞的鈴聲，開門簽收，美工刀劃開封帶，搬開紙箱，一位和自己等高的男人站立眼前。這一週她為男人買了幾套衣物，自己則又剝除了些許皮膚，手背上的裂口一面向手臂蔓延直至肩膀，一面則沿著五指翻掀，現在的她整面手背、整隻手臂皆見骨。她不以為意，甚且有些雀躍，極輕柔將膚肉貼上男人的右手背及手臂，雙手環握男人的上手臂，似愛撫他人，又像疼惜自己，不同指不同力道，塑成男人的肌肉線條。再執起男人豐厚的右掌，壓上那塊自己右手的拇指肉，復將男人的拇指握著，男人在她的手心畫押她自己的指紋。她稍稍將男人墊高，高度正好她側臉一靠就是男人的模型左胸，她闔上雙眼，靜聽，兩個人，一種心搏。

她左手挽著男人的右手臂，對鏡端詳，十分瞭然，自己殘留的越少，男人成全的越多。但那又如何。她有骨，男人有肉，他們共有一雙眼一顆心，待一切完成，他們會是全世界最完美的戀人。她理理及肩的髮，自拍臉龐依在男人的臂膀，上傳，「覺得被愛」，兩百多個讚。

有了男人的日子，她的步履一天比一天輕快，她不細究這是心頭上的輕，還是一日日剝落一些自己的輕。一日盡處回到家，摁開燈，點亮客廳的同時也照見男人逐漸完整的模樣。她不再一回家便頹靡地張羅大同小異的晚餐，而是先湊到男人身邊，將自己今天又褪下的皮肉輕輕按壓上男人的身體。她的裂缺似蛇竄，鑽到右鎖骨頂端又分流，向上撕去右半邊的臉、頭皮帶髮、再向後至後腦勺、後頸、肩背；向下，她的右側胸乳、肚腹、右大腿、小腿、腳掌、向後繞至後腳跟、臀，逐一脫落；分流的裂口交會於腰。彷彿身體正中有一條壓印好的虛線，而誰將她的右側沿虛線剪下。

男人的右側則沿著虛線成形。當然她沒忽略生理上的差異，稍稍使力推壓男人過於豐厚的胸乳，那多餘的皮肉便向下挪移、垂墜，像一場緩慢的浪推到男人的下體。她見狀收手，那皮肉殘著她的力道，逐漸包覆原為透明模型的生殖器，而後止住。她滿意地看著自己的男人成為男人，伸出還有皮膚的左手，似有若無撫觸，再順著肌理往上，畫著只有自己識得的線條，恰到好處的腹肌和胸肌，挺拔的肩，鎖骨，喉結，手指停在男人僅有右半邊的嘴唇。雙手攬下男人的脖子，她僅存的左半臉湊向男人新生的右半臉，稍稍墊起腳尖，唇抵達唇，她親吻男人亦親吻自己。

四十歲終於擁有了初吻，同時也是最後一吻。她鬆手退下時，左唇也從她的臉上鬆脫，連著左臉頰，直到耳際，都被初吻的甜膩扯裂下來。貼上左唇和左頰，男人看來在向她微笑。她愛憐地撫摸男人完整的唇，那是生殖器之外男人第一個完整的身體部位。

從今而後，她遺落的，都會成為使男人完整的。她的左側頭皮脫落，男人便擁有一頭完整的及肩的頭髮，她為男人理成短髮；她的左側肩和背脫落，男人便挺起完整寬闊的背，她已成骷髏的側臉靜靜靠上，覺得自己是笑著的，但舉起手機自拍時才曉得只有骨頭的臉部沒有表情可言；將自己的左胸腹貼上男人的左胸腹，而後如上次一般推擠，男人的下體又多覆一層皮肉，似乎又雄偉了些，她看著有些羞怯，儘管其實一臉白骨無處讓那一抹赧紅浮現。

再後來男人有了左腿，再後來是左上手臂，左手臂，左手背，小指，無名指，中指，食指。最後一次打卡下班，拾起掛在指紋辨識機上的左手拇指皮肉，她沒走出辦公室，而是走向自己的座位，上人事系統把積累許久的休假一次申請完畢。近日她發覺那些全身皆成骷髏的同事都是這樣的，或休或辭，幾乎再也沒見著。回家的捷運中，車廂窗戶倒影，她驚覺成為骷髏的自己和那些成為骷髏的行人，除了高矮的差異，幾乎難以辨別彼此。他們沒有表情，形態相仿，一對眼球骨碌碌茫然地張望，她想著其他人是否也悄悄在家裡存放另一個自己，或者像她那樣依偎一個不是自己的自己。

她回到家，為男人貼撫最後一塊皮肉。背向窗子，夜晚風涼，秒針躡步，男人完整了。這念頭擂著她的心搏。同上次拼起右手大拇指一樣，將男人的拇指按在手心，她不確定那薄薄的脈震來自她一無所有的手骨，還是男人飽滿豐厚的拇指。但她倒很警醒，沒有幻想男人會在拼湊完整的瞬間開始移動。那是童話，她比誰都清楚自己活在每一刻都被蝕損一些的現實。只是如今她被蝕損成完整的白骨，男人被黏塑成完整的皮囊，一切都結束了，卻怎麼空蕩一如什麼都沒開始？

她稍稍仰望，視線跌入男人深黝的眼眶，闃黑，寂靜，彷若黑洞吞噬所有。她這才想起，不知男人眼裡的自己如何，一直以來，都只是她單方凝望男人。或許這才是一切空蕩的根源，這麼空曠的單人套房這麼多個日子，臉書上有幾百個好友瞥見自己的發文，現實中卻沒有一雙眼睛注視自己。

食指和拇指手骨曲成夾娃娃機的夾子，向眼球逼近，細長手骨鑽進眼球和眼眶的間隙，收緊，再小心往外拖，瞬間她眼前一暗，眼球握在手心，手指摸索男人的身體，肌肉線條和身形輪廓成了導引的路，她的指尖一路向上，偶爾迷途，但終究達抵空無的眼窩。再把眼球滾到手指，眼球湊到眼眶的邊緣便輕易滾入。

瞬間她眼前一亮，看清一切的同時，也看著探向自己眼睛的手骨墜落。不只手骨，眼前一具骷髏像疊疊樂底處被抽走一塊關鍵的積木，倏地傾斜，倒塌，白骨墜成一陣驟雨，碎散滿地。

成為男人的她還來不及驚詫，只想著要趕緊為自己撿骨，收藏好，說不準來日又會有一個網路商家販賣供人拼裝骨頭的商品。她想彎下身，而正是這意念才讓她發現自己的凝結。她無法移動。男人的身體畢竟只是一具貼有皮囊的塑膠模型。所有現狀讓已然僵固的自己更加僵固。她成為一個無法移動的男人，甚且，她愣愣望向視線所及那袋為男人買的衣服，她還是個無法移動的裸男。

或許模型的說明書上有相關的警語？或許那些再也沒來上班的同事都成了一個個囚禁在家、貼有自己皮膚的塑膠模型？還有，方才那一陣傾塌，會不會壓壞躲在骨架裡的心？她不曉得，不曉得的事太多，糾結成一聲呼喊，她想喊一個人，任何人，沒有成形的名字在塑膠中空的體內四處碰壁，湧向無法張開的嘴。她甚至連發出聲音的聲帶都沒有。更何況單人套房內從來沒有另一對耳朵接收她的呼喊，沒有另一雙眼睛關注她的情形。

只有腳邊碎散一地的白骨。夜風襲來，捲亂，碎骨滾出長長的低吟。誰，誰都好，快把窗戶關上，她想。我的骨頭要散了，而且我好冷，好冷。

剪

三年後，她的前男友和她的好朋友，在咖啡廳並坐對面，問她能不能當他們的伴娘。

兩人甜甜望著她笑，她胡亂吞一口咖啡。三年前，她在前男友求婚和獎學金留學之間選了後者，兩人分開得很成熟。前男友後來和她朋友走到現在，沒有第三者，沒有背叛，她無話可說。只覺咖啡苦。他們說，你不會介意吧，大家都是大人了。

但為什麼偏偏是她朋友。她走到鏡裡，盯著自己。她朋友什麼都少她一些，大學畢業後還待業一陣，好不容易當上總機小姐，她朋友說，反正做到有對象，就去當家庭主婦。她不否認維繫這份友誼，有時候是為了確認自己的多。她有國外碩士文憑，回來工作從小主管起跳。為什麼偏偏她朋友可以坐在對面露出滿足的微笑。

只差在體型，她上下打量自己，居然連體態都多她朋友一些。這點多要不得。她摸到一把剪刀，刀鋒轉向自己，將肚腹和大腿的贅肉片下來，削瘦臉頰，刮去頸部皺紋。她割出和朋友一樣的雙眼皮，挖掉眼角的痣，唇鼻修成朋友的唇鼻。一絲絲，一片片，多餘的肉身如紙屑碎散，修剪自己，減少成他人。

婚宴當天她提早到準備室，穿進朋友的婚紗，坐在鏡裡，等著前男友將她認成她朋友，牽起她的手，那麼人生至此，該多的多，該少的少，一無所失。直到他們走進，穿著便服，手扣著手，卻喚了她的名字，疑惑她怎麼如此。她也疑惑，鏡裡的她分明不是自己，可他們又清楚指認出她。她訥訥笑答，你們不會介意吧，大家都是大人了。而後他們澀澀地笑了起來，她努力確保自己笑得更多。

小物

這座城是從夕陽開始的。每一日，一雙巨手將紗白天空拉出一縫，一縫裂成一面，橘焰的光便燃燒進來。燙在萬古名城的石牆，燙在行於馬路的恐龍背，燙在恐龍面前，一名男子悠哉躺在游泳圈裡。城的造物並不合邏輯——或者說，那是城獨自的邏輯——游泳圈男子身旁唐突敞開一方尋常人家的廚房，裡頭鍋物爐臺具足；廚房流理臺後方聳然立起一座金融大樓；和大樓等高的貓，前掌抵著樓頂。各式建築齊聚，人與非人共行，物與動物簇身，城裡萬物比例參差，姿態各異。城不大，卻幾乎收納了世界。

連時間也被收進來。細風晃著陽光，在城裡流成具象的時間。但在時間之流裡，居民只是靜靜佇著，彷彿在試探時間的盡頭，恆久停留在同樣的狀態。

像是一座等待。等待每一日夕陽淹進城裡不久，隨後那一陣陣由遠至近的震動。震動總維持在讓房樓顫微，卻不致崩塌的程度，而城裡的居民，也都因而輕度顛抖，卻也不致翻倒。震動持續逼近，而後，終於，如同每一日此刻，巨大陰影遮住城的太陽。隨後是一雙腳，直直伸進城裡。一隻腳趾即是任一居民的兩倍大，半個腳掌即高過此城的最高樓，足以毀壞一切的巨物來臨，但沒有人尖叫，沒有人遁逃。城的居民，早已學會以靜止抵禦世界。肥厚的足，也一如尋常，並不摧毀這凝滯的城，而是近乎禮貌地，踮起腳尖，側過腳背，靈巧閃過城中那些或坐或躺或懸空的城民，輕盈穿越各色樓房。沒有一棟建物傾倒，沒有一位居民毀傷，一雙大腳踩著芭蕾舞似的步伐，在每一日此刻，既危險又安全地行經城內。

夕陽在日蝕過後又回復光照，一位居民坐在城中最高樓頂端，右手高舉，停留在揮手的姿態，朝著大腳遠去的方向。從他的視線，可以望見，那雙沒有傷害任何物事的腳，踩進一雙高跟鞋，而後更遠更遠地離開了此城。

回復光照的夕陽不消多時就要熄滅，才剛開始的城，也終將黯去。而一切仍舊無動於衷。是城遺棄時間，也像時間不在乎城。

＊

夕陽溫灸她的腳背。她低頭盯著。久久地，久到時間磨利了視線，將淺膚色絲襪割出一隙。裂縫探出蒼白的皮膚。

裂縫會傳染——她忽地有些不穩，明白是鞋跟斷了。抬起右腳將整支鞋跟扯下時，獨立的左邊鞋跟也以木質斷裂聲喊叫。她又拆下一支鞋跟。至少如此不必一高一低跛行。

總是撐得不夠久的絲襪。總是撐不住她的高跟鞋。

而後燈號轉換。她走向背對太陽而喪失臉龐的人潮。走向馬路對面高樓。中空大理石方樓。透明電梯下樓，載滿下班的人。她按上樓。朝拱頂浮升同時像沉入光亮地板的鏡映深處。她按指紋。

一整層沒有盡頭的蜂格便向她開啟。

蜂格大多熄滅，少數幾區還亮燈的，也不見人影。她穿越其間走道，盡量不去意會自己必須稍微側身。總是她需要側身。

曾經她在便利商店工作。第一天發名牌和制服。

「妳穿幾號？」

她還來不及回答，手裡就多了一件衣服。領子內側寫 XXXL。套上之後，她沒有問再大一號。胳膊還是有點緥。但不能再問了，她很明白。是她自己該在衣服的縫線裡側身，如同在倉庫貨架間橫著行走，如同在收銀臺要讓同事過去時，努力縮起自己。

如同她現在必須非常謹慎，才不會讓身體在經過蜂格通道時，觸及他人的隔板，讓那些立在隔板上的小玩具墜落。

她的隔板內一無所有。只有電腦和電話。電話不曾響過，儘管她的職務是電器公司的二十四小時產品客服。後來她輾轉明白，那是因為保證書上的客服專線，一直沒有加上二十四小時的字樣。再後來她的工作變得很紛雜，白天上班的各部門，會把最末端最瑣碎的事情，黏一張便條紙，放她桌上。結案報告、報表統整、明細謄打，還有許多複製貼上的事。她將白日的殘餘一一勾除，一一放回其他蜂格，不貼便條紙。然後在天亮之前再按一次指紋，離開公司。同事收到處理完畢的資料如同消費者收到沒有二十四小時字樣的保證書，沒有人知道她的存在。

她覺得這樣很好。這樣夜復一夜，在整層無人的辦公室，望進暗處而不被回望。她已經被太多視線穿孔。且孔洞並不會讓她多卸除自己一些。

唯一不穿透她的視線，來自那些蜷居於各個隔板的微小人物。每次她將處理完的資料送到其他人的位子，總是流連地仔細觀看每一個小玩具。小小的人，小小的動物，又或者只是小小的桌子椅子。

為什麼只是將世間的一切縮小到手掌以內的尺寸，便這樣讓人安靜呢。她不自覺地伸出手指，摸弄那些小小的造物。

如同今晚她將最後一份資料送到樓層彼岸的格子，格子內趴著一位約人類拇指大小的少女。少女著比基尼。托著一臉乖巧的笑意。

她凝望少女，少女回望她。少女永恆地看著自己微笑。

她讓少女趴在自己的掌心，幾隻手指輪番撫觸少女的身軀和笑容。

離開蜂格時，她讓少女進到自己的口袋。離開公司時，少女在她的包包裡，和兩支被拔下來的鞋跟，磕磕碰碰。

＊

這座城今天迎來新的居民。一位趴著的比基尼少女。比基尼少女湊在游泳圈男子身旁。他們神色慵懶，好像凡他們所在之處，就是海與沙灘。他們不曾理會恐龍的垂視，和包藏的利齒。

事實上，每一次夕陽之後，晨曦之前，這座城都會迎來新的居民，或擴增一棟新的建物，或積累一些雜什。城每一天都在長大，然而城的起源卻不可考。如果每一天新來的居民都對身邊的人物提起詢問，身邊的人物又向各自附近的人物探問，疑問便像病毒擴散開來，籠罩所有像每一日蔭蔽全城的暗影。

這座城，從什麼時候開始，從哪一棟建築或哪一人？

這座城，每一天都多一些，又要多到什麼時候，多到什麼程度？

不可考。他們以靜止抵禦萬物，卻也是靜止使他們無從提問。無法議論。無法質疑他們的神——每一天為他們帶來光照與地動，每一天為他們安排新的物事。每一天，他們的夥伴多了一些，集體的沉默就更沉了一些。

在這共同的沉默中，比基尼少女也許有些無所適從，也許不。她的世界從恆溫空調和三面高牆，忽然落降到這擁擠的，周身皆與自己同質的城。她的瞳孔從每天反映日光燈管，到現在，她的姿勢讓她只能十分貼近地細數游泳圈男子的腹肌線條。

比基尼少女不言說。男子亦是。恐龍的銳齒隱約卻不曾撕咬誰。

他們任憑時光，任憑神。

＊

搭尋常的公車換捷運，抵達整座城裡唯一買得到鞋子的地方。她在大尺碼女鞋店門口，被關在鐵門外。門上飄搖一張暫時歇業公告。

那曾是她第一次找到收容自己的地方。店不大，仍然使她在不經意的回身之間，碰歪了架上的鞋。但當她將那些扶正，或揀起端詳，有幾隻甚至能讓她擺到地上，直直伸進多肉的腳，沒有局促地被革履完整包覆。

那是她在百貨公司櫃位，或在街區內的小店，無論如何都做不到的事。只換得店員一張抱歉的臉。

「要不要試試看一雙？」大尺碼女鞋店的店員會這樣問她，彷彿她是在百貨公司和小店裡頭那些隨性試鞋的女孩。那些女孩可以將看上的包鞋、魚口鞋、牛津鞋、涼鞋，輕輕往地上拋，輕輕踩進去，在地上的鏡面裸著細小的後跟和踝骨。

例如至今出社會許久許久，三十好幾了，仍然和她聯繫的高中時代校花同學。都是校花約她去逛逛，她便隨同。校花在每個階段迷上城裡不同街區，隔一段時日便換穿新的風格。校花試衣服和試鞋一樣隨性，或說是，自在，完全符合女性服飾小店的潛規則——free size。套一件雪紡紗，兜一套洋裝，校花在不同衣物裡自由穿梭，如同在小店小空間裡四處拂過衣架和料子，恣意停留在喜歡的那件。

最近一次，校花的指尖停在 oversize 上衣。新潮流。校花盯著試衣鏡中隱沒於衣布的自己，彷彿穿著一襲風。風將校花的眼神吹向她。兩人在鏡裡相望。

「這妳可以穿吧，」校花一面褪下，一面遞到她手上，「比較大。」

「對啊都試試看啊。」店員慫恿。

她捧進更衣間。店員和校花都愣住了，沒有人試 oversize 還要躲進更衣間的。

她的身體幾乎填滿整個更衣間。脫下在成衣店買的最大尺寸男性T恤，更衣間布簾攀上她的背。熱絨絨地，無數隻小小的指尖撫觸。那些小手在她頸間擰出一滴汗，滑過該是鎖骨但不見鎖骨的位置，落進胸裡。她試著稍微前傾，想和布簾分隔，而終究是，布簾蛇貼著她，她的身前墜入鏡子冰涼的折射空間。她熱熱的身體緊緊搡著鏡子裡冷冷的自己。

不得動彈。沒來由地，她的喘息加重，在鏡上呼出一小叢一小叢雲朵。雲朵一下覆蓋自己，一下又讓她過於清晰地盯著自己。

「小姐可以嗎？」店員的聲音，一簾之隔，卻像是從很遠很遠的地方依稀。

她拉開布簾。身著原本的T恤。面前站著更加遲疑的店員和校花。沒有人試一件 oversize 要十分鐘的。

離開店的時候，校花手裡一大袋，她手裡一小袋。那一小袋裡的 oversize 上衣，她連頭都過不去。

如今她連最熟悉的鞋店都進不去。少了根的鞋子在腳上囓出了痕。她只得搭上不熟悉的公車和捷運，來到不熟悉的大賣場。廉價皮鞋區。各色鞋盒堆成一棟棟塔樓，她的視線沿著塔樓邊緣的數字攀爬。五號、五號半、六號……數字停在七號半。或換隔壁一棟，數字停在八號。那麼多雙鞋築起的街區，她找不到一盒可以安放自己的。

沒有 size。

「恐龍！」

一聲叫喊使她驚然回身。

回過身時她看見學生時期成排成列的課桌椅。她坐在課室的最後方。國文課教到忽有龐然大物，她抬頭，前方一排一排黑色後腦勺全轉過來，一對一對眼神排山倒海而來。

後來她收到一張座位表，有人在她的格子寫下恐龍。也有其他人的格子被寫了醜女和胖妹，但她想自己連女或妹都不是。想修改卻連修正液都乾了，她向校花要。校花從她手裡抽起座位表。

「這又不是要做什麼用的，男生無聊在玩的。」校花轉身朝著群聚嘻笑的男生，撕爛座位表。他們笑得更厲害了。

她撿起散在地上的紙屑。校花的名字附近，眾人寫了美女，畫了許多愛心。校花自有撕爛座位表的本錢，有瞧不起男生的本錢。校花得意於自己的正義，她反而有些恨。

校花也有不必到大賣場鞋區找鞋的本錢。

那聲恐龍來自孩童的尖叫。鞋區的對面是玩具區。

恍恍惚惚，又落於安然，至少不是曾經的誰在這裡認出她來。步出鞋盒之城的巷道。她緩緩往孩童坐著的玩具區走。

她蹲下來，靜靜望著地上鋪開一區微型世界，小孩坐在裡頭，是世界的巨人。

孩子的小手交給她一隻卡通化的恐龍，恐龍笑得像小狗。

小狗般的笑容落進她的包包深處。

她在結帳的輸送帶上放了幾盒絲襪。儘管沒有一盒是自己的 size。經過出口的防盜感應，警鈴大作。她停下，回頭張望幫她結帳的店員，舉起剛結帳的絲襪，店員在遠方揮手示意。

她便離開了沒有 size 的大賣場。

＊

這座城迎來第二隻恐龍。和第一隻恐龍的具象和仿真不同，第二隻恐龍是卡通化的，沒有尖銳的鱗片與牙齒，笑起來像撒嬌的小狗。

第二隻恐龍與第一隻恐龍並不親近。牠們分屬不同的區域。第一隻恐龍身處的街廓，如同牠自身的擬真，幾乎是此城之外的巨大世界等比微縮。房子，人物，用具，彷彿只要通過某種可以放大的物理轉換，這些存在便能成為巨大世界的存有，並且融入該世界的運轉。

然而第二隻恐龍卻不在那樣的區域裡。如同此城的起源不可考，此城的邊緣，亦有一區無從考證的暗角。說是暗，並不準確——那一區甚至可說是此城最光燦的地方。在那裡，樓房的磚是扁方盒。樓的高度由扁方盒堆疊的數量決定：平房大約是三到五個方盒高；高樓則層疊十個方盒以上。方盒多彩，紅、藍、黑、灰、紫、棕、黃，各種色系彩度具足，在不同樓間隨機排列。一方有限的小街廓便幻化出無限的色。

這裡的居民不多，參差的方盒樓塔之間，街衢疏空。第二隻恐龍站在十字路口，四顧道路都延伸到看不見盡頭。

第二隻恐龍仍然微笑。扁方盒的霓彩在牠淺綠色的皮膚上，穿戴成一層斑爛的鱗片。

*

每次讓小物落進口袋或包包時，她總感覺墜落的是自己，彷彿掉入誰的包覆裡，微小得不會被任何一隻眼睛看見。

微小得可以輕易滑進一雙鞋或一件衣服。可以套上任何一雙絲襪。平時絲襪也是在大尺碼鞋店一併買的。大賣場買的只能勉強拉到小腿底部，不消多久就從中綳裂。一盒一盒地拆，一雙一雙地毀壞。

悻悻地，她踮起赤裸的腳，在傍晚時分，走過地上的城。她閃不過便利商店的貨架和公司的隔板，但每一天，她總能閃過那小世界裡每一個小造物。連一只比小指尖還細小的零件都不碰觸。那讓她感覺輕巧。盡量不去確認是否為錯覺。

她踏進沒有跟的鞋，回望地上那由眾多小物構築的城。城中最高樓頂端，一名男子朝她揮手。

沒有跟的鞋，踉踉蹌蹌負載她，在一日盡處，又來到無光的辦公室。

手機先於她蜂格的檯燈亮起。校花來訊：想再去上次那間小店逛逛，妳上次買的那件穿起來如何。

是走多了路，還是因為沒有絲襪，在看見訊息的同時，腳上的磨傷格外燒灼。她沒有坐進位子，轉身到公司樓下便利商店買貼布和藥。隔著貨架，對面一對男女。不知怎地她壓低自己，眼睛躲在罐裝洋芋片的間隙。男人和女人的聲音交換，試試看這新的，好像太薄，這個呢，有顆粒，哎唷不要挑這麼久好奇怪，走了啦。聲音越遠越交纏。

她繞到男女站過的位子，垂望他們曾觀看的貨架。

特薄顆粒螺旋三合一，緞藍色的盒子，掉進她脅下包包的開口。

她掉到十多年前學校女廁，和校花一起站在水槽邊。校花在鏡裡補妝，她在鏡外，看見校花的背面，白色制服襯衫透出桃紅色內衣。

校花早就盤算好了。前一天放學，校花塞一包纏了緞帶的餅乾給她。「等等我們一起走，妳幫我交給那男的，妳知道的吧。」她點頭，曉得校花最近和一個外校男生走很近。但為什麼不自己送呢。她想問但終究沒問。校花和她才剛踏出門口，那男的便在路樹下舉起了手。她直直往男孩走，校花早在她身後停下腳步。男孩揮手。她知道男孩是朝她身後揮手，但揣著小禮物，往男孩走去的幾步路，在人群推擠眼神閃動之間，她偶爾錯覺男孩是和自己揮手。

第一次有人在校門口等待自己。第一次有男生朝自己揮手。

隔天她和校花在水槽邊，才明白那包餅乾裡頭有信息。要男孩趁今天期中考後校園空蕩的傍晚，翻過側門的死角，走活動中心的後樓梯，直抵頂樓儲物間。校花會把一路上的門都開好。

和男孩約定的時間之前，她和校花在廁所裡，望著校花描完最後一點唇角。抿一抿，細小的啵啵聲，彷彿紅的嘴唇呼出紅的泡泡，泡泡淌出紅的汁液。校花全身散出她從未見識過的氛氳，她說不上那是什麼。

直到校花收口紅時，從化妝包掉出一塊扁方盒。她才忽然明白。

校花坦然，瞥了她一眼，便彎腰拾起。「女生要保護自己，」盒子被塞進化妝包，「哪天妳有了誰，也要自己準備。」拉鍊合上，校花側過臉龐，在鏡裡和她直視。

鮮紅嘴唇朝她拉成一彎微笑。

那微笑忽然讓她感覺墜落。像毫無重量的扁方盒，落在剛硬的磁磚地上，空蕩而輕巧的碰撞聲在體內迴響。

校花早就盤算好了。她難免想自己也是其中一部分。畢竟，校花不會和排名第二的女生好，不會請那個女生送餅乾。排名第二，那又是另一張班上男生做的排行榜，從身體各個部位到五官，一項一項給分。上課時傳到她座位，她瞟到校花在榜首。不再往下看，直接揉成團往座位後方的回收箱丟。四周竊笑湧起。還以為像校花那樣對待這些紙張，就會有校花的坦然。

當然並不。就如同她不會有收妥扁方盒同時還能叮囑女性朋友的坦然。校花轉進廁間。

她盯著留在水槽臺上的化妝包。

她聽見校花在廁間，衣服的窸窣。

她聽見水槽臺上，自己的手捏著化妝包拉鍊，一格一格咬出開口。開口的暗影裡，方才落地的小紙盒閃著紅色炫光。

她聽見自己制服底下，白色的心跳。遠遠地，廁間浮蕩沖水聲。

炫光紅盒子便落入她闃黑的百褶裙口袋。

她落回公司樓下便利商店。那對男女還在排隊，店員忙著找網路購物的貨品。

她沒買藥和貼布，在店裡所有人的身後，趿著磨破皮的腳步離開。包裡多了一個又輕又沉的緞藍色紙盒。

＊

這座城第一次面臨天災。扁方盒街區無預警地坍塌了。

如同城的起源難以考據，對城裡所有居民而言，天災的發生也無從追究。然而，或許並非不可考，而是被凝結的每一個造物，只能停留在自己。事實上，從卡通化恐龍的塑膠眼映照，多少可以看見事情的端倪。

本來應該如同尋常的每一天，這座城會擴增新物或迎來新居民。這一次，新增的是扁方盒街區的房磚。其中一棟高樓上，多加一塊緞藍色的磚。

通常這座城每日的擴張工程，就會停在這了。但今天有些不同。如果將恐龍的塑膠眼代換為監視錄影機的鏡頭，就會記下來那畫面：扁方盒樓房的參差之間，一雙眼睛無限逼近。

彷彿尋找什麼似地，那雙眼睛一盒一盒地端詳邊上的數字。那些數字記載扁方盒的製造年月和到期時間。眼睛梭巡，一棟又一棟。直到一組十多年前的數字。紅色炫光的盒邊。

巨手伸來，夾住盒子兩旁，猛地抽出——高樓傾倒，擦撞隔壁樓房，隔壁樓房推擠四周樓房——曾經規整的街區，棋盤格式的街道，方矩的高樓矮房，僅僅只是少了一塊炫紅色的磚，便崩倒塌陷。一切墜毀，方盒之磚飛散到城裡的其他街區。撞歪了萬古名城，打亂了微縮廚房的擺設，小火車被擊出原本的路徑，橫衝進比基尼少女和游泳圈男子之間，男子吊在泳圈外的腳踢倒了具象而仿真的那隻恐龍。

而扁方盒街區的卡通化恐龍，在被成堆的磚瓦淹沒之前，眼睛錄下最後一個畫面：那雙抽出盒子的巨手，將炫光紅的磚拆解開來。

＊

回家的路上幾乎是跛的。足後跟，腳底板，趾頭尖，不是起泡便是掀起一層一層白色的皮。

得穿絲襪才行。一開始只是這樣的念頭而已。但為什麼，沒留意地翻出十多年前校花的化妝包裡的紅色紙盒。還因而把經營許久的城都弄亂了。許多紙盒塌亂的瞬間，她忽然聽見校花的聲音，迴盪那句話，要保護自己。

她也需要絲襪保護自己的腳。

她不記得後來校花如何，有沒有和自己說過什麼。倒似乎有些印象，是期中考夜晚過後，有一陣子校花沒有來學校。

今晚校花傳給自己的訊息，還沒點開。那件 oversize 上衣，攤在床邊地上，成為每天下床第一個踩到的質地。她想下一次和校花見面，再去那間她無從試穿的小店之前，要先讓自己縮小才行，小得可以塞進那件上衣的衣領。

但如何能夠呢。

如何能夠走在公司的隔板間而不碰落蜂格邊緣的各式玩物；如何能夠不在便利商店的倉庫和收銀臺裡不使空間局促；如何能夠輕鬆套進便利商店的制服、free size 上衣、大賣場的鞋和絲襪。

如何能夠在座位表上被人畫愛心，在排行榜上位居前端，在校門口吩咐另一個人幫自己送餅乾。

如何能夠把扁方盒收進化妝包。

那麼小的化妝包，那麼小的扁方盒。她想起許多從來沒拿去結帳的盒玩。從貨架直接帶回家，拆開後發現是小小盒子便收攏一個世界。

那麼扁方盒裡又收了多小的小物呢。

她拆開過期十多年的炫光紅色盒子的塑膠封口。打開紙盒。拉出三個單位為一串的鋁箔包。拆開鋁箔包，捏出油油滑滑的圓圈。

三只塑膠套被她握在掌心裡搓揉。

透明黏稠的液體滴落小物之城。

輕微拉扯圓圈口。要縮得多小，才能塞進這樣的洞穴裡。

要縮得多小，才能穿進尋常尺寸的絲襪。

明天上班前一定得穿到絲襪才行。

只是想穿絲襪而已。一開始只是這樣的念頭，卻怎麼，持著塑膠圓圈，將洞口繃得更大一些，緩緩向腳趾靠近。

腳趾向一整座她偷來的城靠近。

*

後來，這座城不再有夕陽。

扁方盒街區的每一塊磚都攤開了。那時人們才知道，原來磚頭不是實心的，每一塊磚裡只空蕩蕩地擺著三個薄薄的鋁箔。每一包鋁箔都撕裂了。鋁箔滲出油滑液體，漫漶整座城。所有人與物事都被液體托起，隨機滑動。

這座城沒了夕陽，卻因為造物的動作，反而像有了時間。

夕陽消失的同時，往常那日復一日震盪城裡的巨大雙足，也不再出現了。

彷彿通過扁方盒的坍崩，通過淺淺的淹水，這樣一場屬於這座城第一次也是最後一次的災害，就此終止了這座城的凝滯。

在物事流動的城裡，所有造物彷彿都有了生命。他們忽而靠近，忽而遠離，緩慢而近乎宇宙裡細碎塵埃的飄移。整座城是一場延伸到時間盡頭的漫長滑冰。靠近的時候，像在彼此交換祕密；遠離的時候，像在獨自尋找祕密。

祕密是關於，幾乎和災害發生的同時，和夕陽離開的同時，這座城迎來一位新居民。新居民的模樣，所有人都聽說過，但從沒有人真的見過。儘管大家都終於能移動了。他們只能在每一次，因為液體的托載而和誰靠近的時候，交換那些聽說：聽說是女人，聽說是從巨大世界縮小進來的，所以和一出廠就被固定一輩子姿勢的我們不一樣，身體自由許多，可以鑽進一些小空間，可以爬到最高樓的頂端，可以抵達我們誰也到不了的地方。

像幽靈一般。型態為幽靈的小物這麼說。

不，是像人類一般。型態為人類的小物和靠在自己臉上的幽靈小物這麼說。

兩個彼此靠近的小物一旁，那隻在災難中被推倒的仿真恐龍，維持倒在地上的姿態，緩緩漂過他們身邊。液體漸漸將牠送往那個已然坍毀而不再光燦的，從前的扁方盒街區。聽說被送到那邊去的，都不會再回來。因為那裡，除了崩塌的紙盒和成堆的鋁箔，還有無數個塑膠套子。那些塑膠廢料會綑縛所有飄零到那裡的造物。

城裡的居民都轉了過來。在永夜的世界裡，淌流液體的道路散發銀河般的微光。他們都能移動，但移動一如曾經的靜止都不為自己所能操控，因此無能阻止城裡的夥伴被送往闃黑的廢料地帶。招手的男子兀自招手，游泳圈男子仍然躺著，比基尼少女永恆地笑。他們目送消亡。

他們任憑流液，任憑城。

旅館

隻身出差到異地，她不知該不該期待遇見誰。

本來她很抗拒的。畢竟一個人住旅館，誰不曾疑懼，不曾在房裡頻頻回顧，不曾試圖撕開一點向外的隙縫，開窗或電視，說服自己只是身在一間房間而非一座孤島。只是她不曾預料，只消兩天，就適應了這一切。

甚至她開始有點喜歡。走道上電梯裡餐廳中，每張臉都一般，又新又倦，亦淡漠亦熱切，有失落有盼望。裹過一樣的被，洗過一樣的沐浴精，彼此皆生人，氣息倒互相熟悉。

群聚的失根之人。身世遠了，如同這無塵染的空間，個個輕而透明，晨光落廳，臉孔幻化，腳步匿進地毯裡消聲。

她真正開始享受這裡，是這幾天同個男人在 lounge bar 坐她旁邊。男人的側臉很好，持酒杯的手勢很好。可能最好的是今晚她要起身時，沒穩住，頹倒之際男人接住她。而後他送她上樓，而後發現對方住隔壁。刷卡進房前男人說明天一起用早餐吧。她答應了。

隻身出差到異地，她畢竟遇到了誰。

進了房間她不如前幾天按開電視。她如今溢滿期待，也就不再疑懼回顧。如今她攤開本來以為用不到的洋裝，裙襬鋪散床緣，床邊立著配套的高跟鞋。她走向浴室門外全身鏡，卸去項鍊，放在一旁的平臺，旁邊是電視遙控器。鏡裡看見右後方整個房間，看見床上的洋裝床下的高跟鞋，看見明天裝在裡頭的自己。

什麼也沒發生。她在滿室水聲等待明天發生。

直到她隱約聽見電視聲，才有些警覺。太刻意了。彷彿一場特地要卸卻她心防的造作。況且這裡的人都相似……一樣的氣息一樣輕而透明……她想起晨光灑落飯廳，是他們化進光裡或光透照他們？方才男人偕她走過一段大廳大理石地，但腳步聲……

明明外頭應該沒有誰，她仍然扯了條浴巾遮住自己，拉開浴室門。

卻險險被應該在床邊的高跟鞋絆倒，急煞住自己。

項鍊撒在地上而電視開著。螢幕右上角，頻道數字不停鍵入；螢幕左下角，藍色的條狀音量一格一格拉長，數字遞增，四一、四二、四三……

視線僵硬地往浴室門外的全身鏡挪移。

她不知該不該期待在裡頭遇見誰。

電梯

一直到第五則訊息都還傳不出去，她才發現過於漫長的凝滯。電梯顯示樓層螢幕，數字三旁往上滑動的箭頭不曾停止，但隱約感覺到機器停止向上攀升。剛剛按下的四樓按鈕兀自亮著。正打算按呼叫鍵，一旁卻貼著警示漫畫：「電梯並非密閉空間，請勿驚慌」，彷彿勸人不要求救似地。她訕訕收手。就這麼待著吧，反正，這棟住戶來來往往，電梯內有監視器，總會有人發現的。

反正，她不急著抵達。鬆開憋著脖子的第一顆襯衫扣，沿牆壁坐下，輕輕呼一口氣時，她瞥見隆起的腹部。

那不是孩子。那是一直沒能擁有孩子。婚後兩年未果，也不是非要不可，就這麼擱著。倒是公公走了，和先生搬進只剩婆婆的家，從此餐餐雞湯藥膳，每道菜都炒麻油，一盤盤熱騰騰的眼神。也不是真不想要，就這麼順水推舟做了人工受孕。做了才曉得難過。打針吃藥跑醫院，破卵之後腹積水，授精回家還得隱忍不適和先生「做功課」（醫生護士都這麼說）。她也的確抱著做功課的心態躺上床，愣瞪天花板，這才發現上頭不尋常地挖了兩顆小小的圓孔。久久地直視，漫長的晃動，在他的喘息和自己的恍惚之間，驚然一瞬，圓孔中閃過婆婆的眼睛。她全身矍然抽震，也幾乎那同時，先生爆出低吼，隨即趴在她身上，壓住她猛烈的心跳。第二天婆婆一面翻看醫院發的衛教手冊，一面輕聲念讀：「授精之後行房，宜雙方積極正向，保持心情愉悅，增加受孕機率。」她佯裝趕上班，逃出迴盪婆婆話語的房子。

這房子到底不是她的。住久了，也感覺自己不是自己的。她不能買鹽酥雞回家，不能在冰箱囤積喝慣的啤酒，更不能在三更半夜溜出臥房，到客廳偷一點閒。婆婆似乎永遠都知道她什麼時候夜起，有時她想，會不會還有更多雙小圓孔，藏在屋子的角落。畢竟，她曾浴洗後發現忘了帶進換洗衣物，浴巾裹上身，打開浴室門時，赫見婆婆早已捧著所有她穿慣的私密衣褲，微笑站在門外。

所以走上試管一途，也說不清是不是自己的念頭。這次不跑醫院打針，直接帶回二十日份的針，婆婆抱走整盒，彷彿是自己的藥。從此連時間都不是自己的。一日二支，早晚飯後定時定量，餐桌上婆婆盯得她渾身不自在，直到她放下筷子，便連忙從冰箱掏出一劑，「來，我們來打針。」她無可選擇地掀開上衣，婆婆的手指枯瘦幾如針管，手溫冰寒更甚酒精，總不待她準備好，便深深扎入——又痠又痛又脹——她咬緊下唇。

或許是心理作用，但她總感覺婆婆下手特別狠，針頭拔出之後血流得特別久。最讓她困擾的，是止血以後，扎針處不曾癒合，反而長成痣一般大小、深不見底的穿孔。那不是尋常的傷口，倒像是屋子裡的圓孔，像婆婆刺在她身上的眼睛。

日日兩劑，十九天下來，三十八顆細小黑洞，兩兩成對，密密麻麻規規整整，從肚腹右側走到左側。今天早上打了第三十九支。下午五點半，婆婆如同過去每一日，要她七點準時回家打最後一支。

六點半踏入電梯，如今將近五十五分。四十層樓的大廈公寓，圓的樓層鈕兩兩並排，她下意識扶著也烙了一排圓洞的下腹，同時想起裡頭許多顆渾圓的卵泡。因多卵同時發育，近期腹部腫脹會越來越明顯。於是明明還沒有孩子，卻像有了一般。醫生稱讚卵泡長得很漂亮，可她望見撐繃的襯衫下襬，望穿衣物裡頭還有一道針的足印，直想著自己再也不會漂亮了。

她也想到等會兒抵達四樓之後的日子。最後一根針，而後破卵，取卵，等候植入通知，「做功課」，隔幾日驗孕。有很高的機率會讓她擁有一對與時成長的生命。外頭時間照常運行，電梯仍然停止上行；日子會繼續，而她會停滯——她的下屬要升為她的主管了。據說那女孩篤定跟上頭說自己不婚不生，從此全公司都在傳她是同性戀，但無論如何當作升職的條件已萬分足夠。她要在屋子裡看婆婆的臉色，在隔板間看那女孩的臉色，在床上看先生的臉色，在接送中看孩子的臉色。

她忽然希望自己能夠抵達四樓以外的地方。上頂樓觀景平臺透透風也好。收拾散亂在地上的自己，起身，按下樓層鈕，數字四十。

數字四十卻突地彈落。不是她的力道，是相反的——一隻手指從孔洞中衝出，撞開填裝孔洞的按鈕。

那是婆婆的手指。她不消半刻就認出來了。鑽出孔洞的手指還想往電梯裡頭深入，探挖什麼似地蠕動。她向後縮身，甚至還來不及叫喊，和數字四十並排的數字二十緊接著飛落，孔洞裡又竄出另一隻婆婆的手指，指尖直直朝她勾動。

婆婆在電梯中製造孔洞。三九、十九。三八、十八。三七、十七。成雙成對，成排成列，如同過去十九日排卵針在她身上的步伐。一顆顆按鈕飛裂，一隻隻手指向她鑽動，她緊緊抱著肚腹，彷彿那數十隻手指還會隔空在她腹部鑿出更多黑洞。

成排的按鈕如今代換為探出洞口的手指。三十九隻，尖細，乾枯，在空中曲扭不止，像未知的生物到處伸展醜怪的觸腳。滿地凹折的金屬圓片，唯獨四樓樓層鈕沒有損害。

七點整。電梯忽地運作，她險險沒站穩。樓層顯示螢幕的向上箭頭終於停止滑動，樓層三緩緩下移，替換成樓層四。

這廂電梯別無選擇地抵達四樓。

門要開了。不要。她靠近樓層鈕面板，努力閃過因她接近而愈發激烈蠕動的手指，用力按下關門鍵。門開出一隙。不要。她更加施力，反覆敲擊，機械嗚響異常銳利，彷彿那些手指集體發出的尖叫。

不要不要不要不——

這鑽了成排圓洞的電梯到底不是自己的。這副多穿孔的身體也不是。門無可遏止地往兩旁張開。自電梯投向外頭的光，從一束擴展為一面，婆婆早已站在那冰冷的光格裡，在電梯門外，微笑捧著最後一支排卵針。

「準時真好。來，我們來打針。」

行李箱

小袋裝滿分裝罐，分裝罐又各別灌滿用慣的洗髮潤絲沐浴洗面乳液等等。小袋從堆高的行李頂端滾滾落下，撞上地面，發出柔軟不一的，極微小極沉悶的碰撞聲。

那一刻，她決定去換個更大的行李箱。

本來可以免去這些麻煩的。員工旅遊，姑且不論這根本是將工作場合的八小時應酬拉長成日日夜夜的乾枯相覷，她最畏怯的，是她的同事，至少小她二十歲，都是一群幾可作她兒女的人。她不禁想像他們圍一桌菜，端菜者的疑怪。

推拒一陣，直到突然想起出門那天，正是她五十歲生日，只好把自己推進這場旅遊裡。不是犒賞，不為慶祝，只是過膩了一個人的生日。與其關在家裡自傷自憂，乾脆混進這群小朋友，還能騙騙自己離年輕不那麼遠。

其實就算沒有那塞滿分裝罐的小袋，現在這個只比小學生拖拉式書包大一點的軟皮行李箱，也合不起拉鍊。她裝了三件上衫，三件長褲，一套薄如蟬翼的紗質睡衣；聽說要上山就再塞一件輕量羽絨衣；怕爬山鞋子打腳又裝一雙登山鞋；擔心民宿供的毛巾不足便將兩條自己手洗晾晒的毛巾壓進箱子邊緣；不想和別人共用拖鞋於是包了一雙夾拖卡進挪出來的隙縫；還有止暈止痛止吐止瀉藥，以及與之配套的胃乳片兩排，加之平日養身的中藥，還有一天沒吃就覺得營養不足的綜合維他命。林林總總，覆之又覆，顫巍巍高起，終於將分裝罐小袋顛倒下來。

她當然知道，總共只有三天兩夜。可是，她自從五年前獨自搬進這間小套房，就沒在外頭過過夜。又可是，自從某一天起身體節節敗退，一點一滴頹倒下來，她就覺得只要離開這些生活慣性，就會重病不起。

最後一個可是：有些東西，擺在眼前比用在身上更有安全感。以備不時之需，她知道自己經歷不起再一個意料之外。

她起身，兩人座的沙發，左邊的椅墊凹陷，右邊還完好如新。她撫抹那些不會平順的皺褶，想著等會回來要將兩邊墊子互換。卻沒意識到，自己已經到了那個年紀，有些事情不在當下順手做做，之後就會馬上忘記。

她輕摁開關，小套房在背後熄滅。

她要去換個更大的行李箱。

＊

細小的輪子在光潔大理石鋪成的方格裡打轉，滾滾脆脆的聲音，磨碾她的恍惚。店員如電視購物般制式的推銷言語，早讓她聽出了神。她百無聊賴併腿坐著，左手橫置膝上，右手肘墊著左手手背，撐起盹欲。

輪子打到她的鞋尖，止住，她稍醒，抬頭。店員以為她心動了，搶著繼續誇耀，輪子是最新的雙軌設計，載重力更強，而且可以固定，三十度的傾斜都不會滑動。後又一跪，探到她俯首的面前，大力拉開拉鍊，湊著說起這拉鍊車得有多牢固等等。她只好狀似好奇，佯裝細看拉鍊。

什麼都無所謂，只要夠大就好。她實在想直接刷卡走人。

她真的不挑剔。一是她知道自己已經沒有本錢挑剔，二是她覺得生命處處都禁不起挑剔。只會摸到埋著的刺而已，損了別人難過自己。

比如說，她應該不要挑剔母親。沒有誰有義務對負心的男人忠心。但她就是受不了，父親跑了之後，過一陣子就會看見不同款式的男鞋停在玄關。一開始她只是躲進廁所哭，後來懂得刻薄，也就懂得奚落寂寞的母親。然而再怎麼羞辱別人也無法救贖自己——她應該不要挑剔婚姻。只是她真的沒想到，連個孩子都沒能來得及擁有。她更沒想到，與她爭的竟是交往多年的好友。誰能料到連續劇的情節就這麼複製在自己身上，也料不到自己只能繼續將戲演成真實。老公的胸膛她捶了很久，和解的庭事她打得更久。掙來一間小套房，和每個月匯進戶頭的錢，覺得自己也還有點幸運。當初被喚進主任辦公室，簾幕一隔門一鎖，從此主任更名為老公。到底是主任，位高權重，名譽卻薄，息事寧人也就特別闊綽。

只是小套房太大，贍養費也太足。也許當初忍過了，現在就不必等著刷別人的錢買行李箱。

「這樣的價錢可以嗎？」店員快速打過計算機，把數字放到她面前。

「嗯？」她被喚回現實，濛濛地，「你剛剛說什麼？」

店員極耐心再把定價說一遍，先打折，再配滿千送百活動，「總共四千三，」最後一定要附一句，「這已經最便宜了。」

當然她通通不信。好歹也走過商務往來，這種話術，都是唬外人的行話。她猶豫一陣要不要買帳，純粹不想讓自己看來是個上當的人。隨即又抖掉了這些無聊的倔強，訕訕掏出信用卡。不要包裝也不要運送，就這麼喀嗒喀嗒，鞋跟和輪子混和著，把自己拖回去。

她輕摁開關，小套房在她面前眨一眨，亮了。

「我回來了。」習慣對房裡講一聲，又習慣聽見滲進每個角落的回聲。但今天回聲卻被滾動的輪子攬沒了。嶄新的行李箱昂昂立著，舊的懨懨躺著，她坐進左邊的沙發椅墊，默默覷著，覺得客廳擁擠了些，心底倒空曠了些。

＊

五年前搬進這間小套房，忙擾一陣後，她整裝重新回到公司，覺得婚姻沒了，至少工作能繼續。她仍然沒能料到，走進處室，那一瞬沉默，彷彿有人對著世界按下靜音鍵。隨即又佯裝交談，鍵盤聲驟降，每個螢幕都閃著訊息視窗，每個視窗都閃過她的名字。

隔板間，情感傳得很慢，輿論卻跑得很快。沒事染成有事，有事渲成天大的事。有人說她活該，搞上主任；有人說她不過是發了鳳凰夢；有人說她騙婚……無論如何紛紜，卻是異口同聲，他們都叫她輸家。

前夫主任將她調至最邊緣的處室。公文來找她，看過，蓋章，歸檔；風聲跟著過來，聽了，頓一頓，收進心裡。最後一份公文，他們說主任後來又搞上派遣妹，她一併押了彌封的鋼印。然後她收拾雜物，推開一樓的旋轉門，走進附近的麥當勞。那桌在談業績，這桌在講快成的生意，後面長桌聚了一圈八卦，和她經歷相去不遠，只是角色換了名字。筆電冷亮，A4紙散亂，皮鞋領帶，套裝襯衫，名牌名片，凡是總總，繞著迴著，轉成一片片玻璃旋轉門。

而她已推開一切，成了門外之人。

*

「也許妳可以試著找些工作。」

不知從什麼時候開始，她固定禮拜三下午坐進身心科的問診室裡。

那天她離職，回到房裡，生命從此安靜下來。氣密窗把世界隔在外面，裡面只剩下電器的呢喃。太安靜了。她於是整天開著電視，或讓音樂隨著她的生活循環播放：自然醒，午餐，無所事事，晚餐，依舊無所事事，睡覺。沉入虛無裡，主播的聲音很遠，音樂很冷。像在泳池底，池上的一切聽來都渾糊，異境的異語，再多都與她毫無關聯。生理需求和電器一般聊賴運作，她不知今夕何夕，只是因循活著。

所以她只好掛起一面會報時的鐘，讓自己多少意識到世界還有在流動。之後就病了。起初她以為只是電器的聲音，後來連到大賣場，耳邊還是盈滿迷離的吟哦，這才懷疑是耳鳴。接著暈眩，頭痛，頸子以上都重得像要壓垮她。後來也真垮了。腸胃跟著虛弱，進食難；心神連帶不穩，睡眠難；身體靡軟，筋骨痠痛間或從骨髓裡鑽出來，那些時候，她當真以為自己要就此倒下了。

處處難受，處處沒事。一切數值都正常，她在數值之外失常。「也許妳可以去看看XX科」，她跟著這句話輾轉，最終將她導向身心科的問診室裡。

「也許妳可以試著找些工作。」至少這個「也許」終止了她的醫院流浪。

「也不見得一定要工作，」醫生讀懂她眉間的疑惑，「義工、社團、社區服務等等，重點不是薪水。」

對，她不缺。這種不缺，還真不知是喜或悲。

「重點是多跟人有些接觸，對某些人產生幫助。」醫生對著電腦開藥，一樣的品項，一樣的劑量。像是想到什麼似地，手指停住，轉向她，「人是沒有辦法獨自生活的。」

鍵盤聲又繼續。

經過一連串冗雜的掛號、等候、問診、領藥、交通往返，她回到小套房，含糊吞了抗憂鬱和鎮靜劑，昏陷入床。雙人床的左邊被單凌亂，右邊總是平整。她隨意把自己蜷覆起來，等待那陣抽空她一切的藥效。

＊

一團燠熱，浪撲而來。一拍一刷，終至一面大嘯壓上，她猛然睜眼。闃靜吸納她的驚詫，掛鐘報時撕開黯夜，半夜三點。她的背和床單似浪退之岸，殘著濡濡水氣。她起身，汗珠條條劃下，癢痲痲的。

她把自己拖進廁所，排了今夜第三次尿。已經不知道重複第幾次了，這一切，她逐漸習慣。只是她沒想到會擦出一片赭紅。上一次將近半年。她在月曆畫下紅色叉叉的同時，彷彿忘卻這半年的空窗，寬慰地微笑。

然而醫生卻建議她去婦科了解一下。

她彷彿聽見自己內部如沙漏，涓涓細細，窸窸窣窣。什麼又在流失了。

她決定將這些歸罪給失眠。索性抓了一排助眠藥，加進行李箱裡。

才新的行李箱，沒幾天，裡邊的固定扣繩，眼看著又要勉強起來。

把原先那些填進去後，她又放入自己的吹風機，怕跟別人同寢，等吹風機，濕髮遇風，會頭痛。後來想起自己胃弱，又買了麵包乾糧。還有，跟外人共被，不想搶不要窘迫，她決定把平常小憩用的毯子也帶上。

說穿了，就是不信任。她不相信離開小套房，外面的世界會平善待她。父親背叛她的家庭，男人背叛她的婚姻，女人背叛她的友誼，終於她隻身一人，卻輪到身體背叛她自己。她弄到的這間小套房，歷經幾年，床頭茶几都擺足適量的藥和營養食品，每個會打盹的地方都擺了枕頭毯子，廁所衛生紙永遠有備用，廚房擺放的食物不會燒痛她的胃。

這裡沒有背叛。

*

所以之於醫生的建議，她的信任也遲而延緩。關於婦科的如此，之前關於找工作的早就如此。

她拖了兩個月，醫生說了八次大同小異的話。終於第九次，從醫院回套房的路上，隨意一瞥，附近的咖啡廳，A4紙貼在門邊，徵求廚房助理。

就是那種不知不覺在城市裡街頭巷尾默然冒起來的，一杯一百五其中至少一百元都是喝裝潢的，咖啡廳。

她不挑剔。只要不是隔板間，都好。

廚房在咖啡廳的角落，她工作的地方在廚房的角落。對著寬而深的水槽，和右手邊的洗碗機。每天的班下午三點開始，早午餐的碗盤正好積到可以洗兩小時的地步。

偶爾外場混著咖啡味的輕音樂滲進來，竄過雜糅各式食物氣味的悶溽廚房，到達她洗碗的角落。她發現自己所做的，就是在收拾氣質和氣氛的殘餘。那些短暫的偶爾，她會想起以前公司裡，從來記不得樣子的清潔大嬸。原來她只是被翻了一面，錢幣那樣，岸然微笑的人臉換成低廉數字，低廉工資，沒有面龐。

其他時候她覺得很好。至少她的耳裡有了機器運轉以外的聲音，至少她的身子從沉痾慢慢挺立成微恙。至少這裡沒有那些狡獰的心機，多做不會升遷，少做也不會遭遣，純粹出賣勞力和時間。這裡的人待她友善，她知道不是真的人比較好，而是因為她不構成競爭。她和她洗碗的角落，人人知道存在，卻都會很有默契地遺忘。

醫生看著她變好，漸漸把看診時間延成一個月一次。只是自從她決定要加入咖啡廳的員工旅遊，開始打包準備時，就又一點點靡頓下來。醫生不知道小套房，更不懂行李箱，聽了她的頻尿潮熱月經失調，算了她歲數，就以為差不多了。

於是就從「也許妳可以試著找些工作」變成「也許妳可以去看婦科」。

＊

有些東西是這樣的：擺在眼前比用在身上更有安全感。大大小小的背叛，都來得太突然。她必須有所準備。

有些事實是這樣的：放在手邊比親手拾起更不會傷感。「更年期」三個字很輕，提起卻太沉重。她毋寧等待下一場無期的經血，而不要去領婦科的宣判。

出發前一天。她握著九點發車的火車票，手觸月曆上這個月最後一格，餘光瞄見月初的紅色叉叉。從紅色叉叉那格開始，指頭徬徨而謹慎地，一、二、三、四……也許就是明天……十九、二十、二十一……跟一群小二十幾歲的同事，年輕這麼近……二十八。

指頭微顫，停在明天。她鬆鬆一哂。

她躺上床，等著和上次一樣的燠熱和太頻繁的尿意翻醒自己。然後她會去廁所再擦出一樣的赭紅。她用棉被將自己裹緊，裹著一層厚厚的期待，沉入睡眠。

她還年輕，每天用小袋裡瓶瓶罐罐分裝的液體洗拭塗抹自己，軟軟香香地推開一樓旋轉門進公司。她是業務專員，貿易科系的碩士文憑讓她一進去就有好待遇，而且跳過跟打雜小妹無異的基層。主任迷她，先有職前訓練，後有天天加班，走進他辦公室，簾幕一隔門一鎖，從手背摸上肩頸，自腳踝摩進大腿。都還年輕。隔板隔不住輿論，主任太太主任太太，他們喚她都還要欠一欠身。試了他兩年，專一不移，她跟母親說，他跟父親不一樣。他把鑽戒沉在香檳裡，把她的指頭戴得醺醺甜甜。他連問都還沒，她便含淚點頭。那一刻她相信了童話，她還年輕。她每晚更上他買的蟬翼薄紗睡衣，日子久了，她說老公，我想要孩子，趁我還年輕。但他始終沒有褪下套子，而她仍然穿著那套睡衣。但她還是把他迎上自己，每天用小袋裡瓶瓶罐罐分裝的液體洗拭塗抹，她知道他喜歡埋進這些香氣，然後埋進她內裡，一陣燠熱燒上來，她弓身呢吟……她還年輕……

*

掛鐘報時撕開她的夢境。倏地睜眼，驚起，沒想到這一覺竟沉至天明。

她衝進廁所，抽衛生紙，一擦。

一白。

她不信，剛剛還那麼年輕。對折，再擦。

又一白。

不會的不會的。她顫抖拉起褲子，衝向月曆，再算一遍。

二十八天，沒錯。以前年輕時，這一向最準了。啊，也許只是晚幾天。她怔忡，笑得刻意，彷彿嘴角抽搐，對自己點頭。對，只是晚幾天而已。

她翻開儲物櫃，裡面堆滿久置不消的衛生棉。一把抓起，夜用日用，加長量少，清香護墊，一包包混亂落入行李箱。要帶足啊，急忙忙地，她想，突然來了可怎麼辦。

裝滿分裝罐的小袋給這麼一促，又坍滾下來，敲上地面，柔軟的碰撞聲。她倉促抓起，放上，決定不顧行李箱內的固定繩，直接將上蓋闔上。上蓋壓不下高漲的什物，行李箱成了一張噎住而微張的嘴。她跨上行李箱，猛力一坐——一陣細悶，癱淌的破裂聲——只好又起身，上蓋回彈，仍舊嗚咽。

分裝罐與小袋全數爆裂。從螺旋蓋的開隙，從瓶身的裂罅，漫糊交融，乳白的透明的渾黃的，混沌不知何物。難狀的液體或淌流，或飛濺，處處沾黏，衛生棉上的字樣被遮住難辨，衣褲布料吸了些許水分，漬跡與稠物相攀連，行李箱內邊是防水材質，一滴滴下沿，像一場緩慢的哭泣。

她一下子慌了。連扯帶抓，液體貼進手裡，油油滑滑。這一攪動，相互摻雜的液體融成繁複而刺鼻的氣息，竄進她的腦門，嗆著了，咳出眼淚。

汪糊的視線裡她持續猛烈地翻拉出所有物品。三件上衫，三件長褲，蟬翼薄紗睡衣禁不起抓，從胸口到下襬，一分為二，聲脆如裂帛。羽絨衣飛上半空，登山鞋翻滾而出。中藥粉散飛如黃沙，西藥粒和營養食品一顆顆似雨墜，清清脆脆，麵包乾糧撞上牆壁，變形粉碎……一陣激動從體內湧上，至喉頭，滑出絲細哦喃，而後逐漸放大，放大，聲線從絲膨成一大片一大片的尖叫亂嚎，隨著她劇烈的身體動作沒有規律地被打斷。

她眼神扭曲，挖出了深邃的洞。恍惚與凌亂間，她抓起一包衛生棉，雙手在胸前各抓一邊，猛力拉開，手臂全張，包裝袋瞬間扯成兩瓣。衛生棉散進空中，緩緩飄零。而後再一包，再一包，再一包再一包……尖叫愈發狂暴，撕毀的快感摻進詭魅的笑聲，她舒開上身，仰頭，讓衛生棉淋撫她的臉，她的臂膀，她的胸乳，她的指頭。嚎笑四處迴彈，新聲疊舊響，跟早已彌漫無邊的雜亂氣體，還有已經將地板全部覆蓋的物品，把小套房蹂躪成一片浩劫後的，秩序破碎的，紛亂而荒蕪的廢墟。

直到掛鐘報時撕開她的尖嘯。

她瞬間停止，彷彿突然想起了自己。

穿過亂髮切割的視線，她看見指針在鐘面劃出規整的九十度。

九點整。

火車剛剛開走。

佑佑

磁卡湊近感應器，她卻聽見另一種機器的聲音。

在她身後，古舊泛黃打卡機，正吞吐紙卡。其上懸空一手，接過紙卡，插入打卡機右邊第四格卡槽。

那是三十八年前她剛進公司時使用的機種。後來歷經磁條刷卡，到現在成了感應式且能與悠遊卡整併，她以為這種機器早不復存在。

手的主人轉過身，她首先望見名牌，是實習生。原來淘汰掉的打卡機都給這些人用。這一打卡點應是新設的，每天從這進出，都沒留意。

手的主人面龐清俊，短髮稍飾以髮蠟，瀏海覆額而不遮眼，一臉好學生樣，家族聚會裡爺奶疼父母驕親朋羨的類型。體格高瘦挺拔，套裝也許是特地為此次實習新購的，僵直生硬，尚無衣裳久穿與肉身應合的線條。難掩生澀亦滿載積極，一腳還留在無塵的大學溫室，一枚白子；等著透過實習給公司蓋印，方才一枚棋子。

他看見她，併步趨來，恭敬親切：「您好，我是今天開始上班的實習生，我……」話音未竟，一聲門口跟來的「佑佑！」便引他回頭。是熟識的同期，一見面就不住寒暄，挺胸勾背，惹得被喚作「佑佑」的他腆然應答。匆促間就要被帶走了，離去前轉向她，點頭致意。

她卻怔然佇立，稍稍微笑，不知是為了回應那實習生，或是為了別的什麼。一面對自己喃著，佑佑，佑佑，眼神停在舊式打卡機右邊第四格卡槽，卻又像望著很遠很遠的地方。

*

五點五十五分。檔案室的壁鐘沒有秒針。她緊盯著，覺得每分鐘之間無比漫長。

沒有秒針的鐘總是這樣。認真監視，時間彷彿靜止；沒怎麼留意，倏地瞥見，才驚覺已經好一會兒了。

二十二歲大學畢業時，她是否想過未來三十八年也不過是一面沒有秒針的鐘？事情一件件落下，身於其中不覺動靜，直到有一瞬猛然清醒，卻已到了只能回頭的年紀。

那時候求職，頂著名校光環，挑了規模最大的公司，工作內容和大學專業最接近的財務部。對外體面，對己也有個交代，對未來更是無限盼望。年輕的理想，兩排路燈一盞盞接連點亮，一路耀眼直至彼時她還望不穿的時間盡頭。

十年後，她已從助理升專員，專員再升高級專員，如今又一次，名字列入下一波人事調動名單。名片盒裡只剩幾張，拇指撥起，一張張回彈，啪啪啪啪，下一批上頭印的就是「主任」了，她欣然一笑，啪啪啪啪，聽進耳裡想那是上任第一天整個部室的掌聲。恆溫二十三度空調，一片白光，她卻心跳得緊，雙頰紅熱，滿是醉醺相。

也不是沒有缺憾。名片剩得不多，租屋裡喜帖喜餅倒積得很多。早幾年還帶點回去探視父母，現在卻任憑久置過期。不是不想，只是太天真了，以為這事就同所有連續劇和電影，端賴偶然與巧合。終於了悟人際和工作一般勞神費力的時候，天真早拖成了不得不，分不清是自己的還是別人的想望。

於是將自己推促給一個同樣不得不的男人。誰都清楚明瞭，湊合他們的不是情愛而是歲月，然而誰都樂見其成，畢竟事業有成婚姻有著落無論如何都不容易。再一次她對外體面對己有交代，但這下她的未來得多考量一個人。

卻沒料到，上任不到三個月，就得再多考量一個人。男孩，算了筆劃，「佑」字好，所有人順其自然暱之「佑佑」。

佑佑，佑佑，她亦如是喚自己的兒子，未曾改，直至今日遇上另一位佑佑。鎮日恍惚，調閱檔案發現這位佑佑是在財務部實習。好久以前她還在那裡。現在她在檔案室，對著沒有秒針的鐘發愣。

時間過了五分鐘，她沒發覺；生命過了很多年，她來不及。

六點整。下班鐘響。她回神來。仍惦著那實習生，盡速收拾妥當，疾步往那古舊打卡機，途經廁所繞進去梳理在辦公室乾燥一日的星髮。

磁卡湊近感應器，她望著對面那臺淘汰給實習生用的打卡機。她將自己挪近其右第四格卡槽，瞇視卡上，下班時間已經印上。她直起身體，轉頭望向長廊盡頭出入口，入暮城市已點燃成堆光火。

*

下班回家路上，她順道提了三個便當。烤鯖魚、蔥爆牛，另一個沒有主菜。

回家坐上餐桌，塑膠袋裡裝牛裝魚兩個便當疊著。她打開自己的，卸去橡皮筋時彈著了，說不上痛的感覺微微刺著手背。她沒開飯廳的燈，倒點亮廚房抽油煙機的小燈，暈得一格長方形的白飯暗黃。有意無意地，她吃得很慢。但直到她將沒有菜可配的白飯都一粒一粒刮乾淨了，塑膠袋裡兩個便當仍然靜置，滲出油膩的味道。

上一次三個人的晚餐是什麼時候？

想不起來了。她聳聳肩，將橡皮筋束回淨空的便當盒。起身回房，從飯廳轉向走廊，左邊第一間，她稍停留。門關著，門縫透出白光，光裡含著冷氣，拂過她的腳背，才站一會兒便腳踝痠軟。再繼續趿著拖鞋，走廊盡頭右轉，她才開門進去。

長桌上一排機器，由門口至內牆：掃描器、影帶轉錄機、尺寸大到不便攜帶的筆電、外接式硬碟。她一一啟動，器械低吟，筆電冷光是唯一的亮源。

她坐在筆電前，自右側櫥櫃取出一捲錄影帶。那是早期錄影機使用的格式，現在帶子越做越小，或用記憶卡，早些年的卡帶已不適用。

卡帶置入影帶轉錄機。轉錄機上的小螢幕，筆電上的大螢幕，同時浮現同樣的人影……什麼時候開始這一切的？

這她也想不起來。大概一兩年前，他們整理屋子，翻出兩大紙箱回憶，四分之一是錄影帶，四分之三是相簿。

處理掉吧，他說。

她聽了心中一凜，走去橫在他和紙箱中間。第一次，她不向他妥協。

結婚這麼多年，她一直沒多說什麼。他四十歲發夢離職創業，最後只剩比空夢更空的存簿，她沒譏他；失業守在家裡，失了自信不願再挫了自尊，不肯分擔家務，她沒怨他；終於依憑以前的人脈兼些小差，錢也只夠自己花，拿不回家裡，她沒求索他；做業務，賣一臉初老男人的老實相，天天往外跑，晚歸或乾脆不歸，她沒質疑他。

如今看著擋在紙箱前的她，他才曉得了。第一次，他對她體貼。之後陸續為她購入所有能將相片和錄影電子化的機器、一臺新的筆電好處理這些龐雜的資料、一只外接硬碟供備份。

從此她每晚都關在房裡，掃描相片，轉錄影片。他更無罣礙地晚歸或不歸。體貼到底了，反倒像算計。

今晚她依舊繼續這費時工程。她的兒子佑佑，螢幕裡兩歲，聽見掌鏡的她喚，向鏡頭趨來。經她一逗，童聲笑起來格外清亮。粗糙的影像裡佑佑轉向矮桌上她為他備好的果汁，兩手合握塑膠杯，盤坐地上，咬著吸管朝她笑，半晌飲罄。

隔著時空，兩個她見狀同感欣慰，一同哄著，佑佑好乖，佑佑好乖，螢幕內外聲音疊合。佑佑再一次朝她走來，小手撲上鏡頭，她亦一掌壓上筆電螢幕……啊佑佑，再做一杯果汁給你吧？

＊

磁卡湊近感應器，顯示打卡時間：早上八點半。她知道自己來得早了。

其實她今天連起床都早。她是早市果菜攤第一位客人。紅蘿蔔、番茄、鳳梨、便利商店的優格、家裡存著的蜂蜜和果糖。七點多，連空氣都還惺忪，她摁下果汁機按鈕，一切都攪糊了。

紅粉漿，透明杯，牛皮紙袋。她緊緊揣在懷裡，打卡機前徘徊，間或踅進廁所幾次，對鏡整理自己。

八點五十五分。這向東的出入口，晨光落降大理石地，金燦逼人。逆著光她終於望見熟悉的身影走來。

實習生佑佑，時隔一天又在此時此地撞見此人，對她擺出相當客氣的驚喜。

「昨天真的很抱歉……」他接過打印時間的紙卡，放回卡槽，向她走來。

她彷若無聞，畏畏惶惶將紙袋塞去，一面埋頭囁嚅，有聲無字，渾糊不清。

她覺得自己內部有個聲音膨脹著。一聲呼喚，關於名字，關於兒子。然而她還清楚。也許就是太清楚了，這聲呼喚才嘸得有些費力。

*

當年她上任財務部主任後、確有身孕時，上頭調一個同期來支援。將產假和自己的休假湊一起，將近三個月，為此她有些感激，回復上班那天特地提一盒千元法式點心。

卻見這代理者端坐她的主任辦公室。滿是與她品味相異的擺設。耳語遍遍，說那女人乘虛而入，疏通過上面了。好事者甚且將「疏通」代換成「睡過」，否則怎能三個月就擠下她忠實拚了十年的勞穫？

坐回升職前的位子，丟掉所有沾附流言的紙條，一天吃完整盒千元法式點心。從此死了心卻狠不下心，怨懟這裡又仰賴這裡。於是就只是工作。只是工作的人可有可無。流浪各個處室，從管錢的，到管人的，最後退到管紙張的檔案室。

檔案室，全公司戲稱「養老院」：專俸年資早已屆滿卻遲遲不退休者。

這裡只有她和另一個老愛梳個髮髻的女人。除了協助調閱與歸檔，意興闌珊為每年一篇報告寫幾個字，便鎮日碎嘴。多以養身祕訣為談資，即便她們比誰都明瞭，到了這時候，再怎麼養也是徒見敗壞。

六點整。下班鐘響。她起身收拾，不知該不該期待再見到那實習生。

拖著其實沒怎麼工作卻十分疲累的身子，她將磁卡湊近感應器，眺向長廊遠方出入口，滿溢燈火。鐘響午休，鐘響下班，鐘裡頭零件舊了，窸窣咿呀，這敗壞聲便是她對一輩子長的鐘響發出的嘆息。

＊

一樣的公車，一樣的路。

下班回家路上，她順道提了三盒炒飯，一盒炒鮭魚，一盒炒肉絲，還有一盒清炒飯。隨後卻繞至超市，又提了一袋。

她吃得比昨晚快些。依舊剩兩盒炒飯在桌上。匆匆步向房間，途中又在那扇透著白光和冷氣的門外停佇一會。然思及明天又得早起，便哂了哂，再度起步。

右手邊櫥櫃抽出一本相簿。還未打開，一張放大沖洗的照片已滑落地上。拾起，翻過面來，比昨晚的錄影又長大許多的男孩，右手高舉小獎座，左手勝利勢，雙眼給笑靨擠成兩道細拱。再翻背面，字跡：「小四。珠算比賽季軍。」

她將這張放上掃描器，等待圖檔進入電腦時，她翻開這本相簿，抽出一張張相片。都是兒子令她驕傲的時刻：珠算比賽、查字典比賽、朗讀比賽、學期班級排名……有些連參加都有獎，小學生的小榮譽。

工作失意，老公失敗，曾經體面有交代的物事如今皆非。未來的路，兩排燈已灰滅，垂頭之際但見一男孩緊揪著她的衣襬。

於是極細心的疼護，極熱切的栽培。三餐都是她親手烹調，補習班才藝班和學校四處接送，物質盡皆良品。她努力將他的生活熨成她心底的妥貼。

這相簿最後四張照片，正好排滿掃描器平面。小學六年級，畢業典禮。其中一張，已經抽高到與她眉毛齊平的佑佑，母子兩人相擁。彼時她終於燦笑，以為兒子將如是與她相偕，一償所有失落。

*

磁卡湊近感應器，又是早上八點半。

今天她起得與昨天差不多早。從冰箱取出昨晚超市買的雜糧吐司、苜蓿芽、美生菜、乳酪抹醬、美乃滋、堅果粉和厚片培根、昨天做果汁剩下的番茄。吐司烤過，培根煎香，生菜層層疊疊。小心提著，打卡機前盤踅，又是一場等待。

又是八點五十五分，又是彼此都熟悉的金光和人影。實習生佑佑，第三天見到她，心裡漸漸有個底了，臉龐閃瞬暗影，亦即時堆起微笑：「昨天的果汁……」她還是沒把話聽完，就將提袋推去，待他接住便慌忙走遠，沒見他微笑垮成為難。

之後又是一樣午休一樣下班，一樣的公車一樣的路。如是反覆多日。但往返之間，她原本枯索的生命似乎冒出幾絲鮮嫩的機轉。

例如她越來越少回家順道提外食，最近連著幾天甚至都忘了，卻天天都繞進超市巡過一圈，一籃食材滿載。又例如她停在那扇門外的時間越來越短促，後來幾乎只是不留意地經過，卻耗費越來越多時間關在自己的房裡。相片錄影盡皆電子化，她一一點開檔案，影像晃動，照片挪移，直到自己昏睡，又被晨響的鬧鐘驚醒。

每天烹飪的手續越來越繁複，成品從合於早餐，逐漸厚重為宜於午餐。冰箱越來越滿，她起得越來越早。

直到這天。這天她徹夜看完所有照片和錄影，醒著關掉鬧鐘，恍惚又亢奮。進廚房炒三種配菜，再煎片鮭魚。熱騰騰沉甸甸兩個便當，一臉油煙，滿心躊躇的期待。

仍然是打卡機前。實習生走來，仍然見到她，這麼些日子客氣消成為難，為難磨成厭煩，厭煩明明白白吁成一口長嘆。

她一步跨來，亂了他的嘆息，兩個便當擠進他懷裡，期期艾艾：「中、中午、一起、起……吃、吃、吃飯……好嗎？」

他收過她的果汁、三明治、蛋餅、小西點、漢堡、飯糰、煙燻鮭魚沙拉……但第一次，袋子貼向他時，他倏地收手後退。兩個便當垂直跌撞大理石地，悶砰一聲。她驚詫，他卻鎮定：「謝謝、對不起、但麻煩不要再這樣了……」他眉頭蹙緊，猶豫一會，「同事——大家都傳得很難聽……」，又考慮一陣，「不只姊弟戀，連什麼母子戀都來了。」

他快步離去，獨留她怔忡。獃著拾起提袋，逆著上班人潮，走向出入口，金光自腳踝燙上雙眼，她眨也沒眨。

第一次，她在早上九點離開公司。

第一次，她自己沒發現，今天沒將磁卡湊近感應器。

＊

一樣的公車一樣的路。這麼早她沒順道亦無繞道，只提兩個自己做的便當回到家。

提袋空癟橫躺，兩個便當打開，沒有鮭魚的擺她這邊，另一個擺對面，右手邊都置妥筷子。沒有人開動。就這樣一個人兩個便當，端坐許久。幾乎沒有動作，彷彿一場睜眼的睡眠，又似一次空洞的等待。

近午了。採光不好的飯廳連白天都昏暗。因此當她的眼角滲進一絲白光，就足以使她醒來，瞥向光源。

通往房間的走廊牆壁，白光從一垂角蔓延成一面曲折的長方形，一人形影子浮現，走在牆上，腳步卻震入地板，離飯廳越近，就越歪扭得不合比例。直至影子終於踱離牆面，她不熟悉的人影從白光走來。

那是個被茫然鬆垮掉的人。

＊

本來不是這樣的。

母子這麼多年，她的兒子佑佑，一直都很乖順。

國小畢業後，那些簡便的成就離棄他，他開始明瞭自己的手握不住筆桿，卻清楚記得籃球上暗橘色的顆粒。但她只是更殷切送他進補習班。他沒忤逆她。他喜歡吃一頓長肉的廉價牛排，她卻每日烹調說是能長腦的魚。他仍然每晚回家吃飯。她從沒參加過他的球賽，倒是在所有能陪考的日子處處周到；她把每一張「進步獎」獎狀貼上牆壁，卻從沒理會球隊比賽的獎座和獎牌。當然他高中考得奇差，憑著球隊的榮譽才勉強將自己留在升學的輸送帶。

高中三年只是國中三年的再製，而他一直都很乖順。

直到接獲指考成績單，他才怯怯跟她說，媽我累了，真的念不來，重考體大好不好？計程車裡，她靜靜靠向車窗，路燈規律行過她的側臉，忽明忽滅。

不久後他莫名接到入學通知，才知道她擅自替他填了志願，勉強將他縛在據說考個位數也能上的大學。這次換她怯怯跟他說，媽是為了你好啊，念一般大學，念商，畢業後媽媽在公司都能幫你說說看。

也許是因為自己的聲音顫抖，她沒有發現兒子的雙手握得很緊，很緊，緊得發顫。

之後就逐漸不是那個乖順的佑佑。和他爸一樣，他也晚歸或不歸，或寐至中午。她這才驚覺只消錯開作息，兩個人就會同個屋簷底下見不得面，母子這麼多年其實比自己以為的更容易消散。她只得偶爾請假，或熬夜，隔著緊鎖的房門，說說話，貼字條在門上。沒有回音，唯門縫透出白光和冷氣，瘦軟她的腳踝。

她的心一日灰敗過一日，再也不做菜，每日順道提便當，但仍然記得要給他吃魚；他的體格一日頹靡勝一日，再也不打球，每日深夜才吃冷便當，永遠不拿裝魚的那盒。

*

而今她的兒子，二十八歲，失業第四年，一事無成。

她仰頭，正好對上他冷冷瞥來一眼。那一眼使彼此僵持，僅剩細微的呼吸埋伏。像是隨時會發生什麼。

她覺得自己內部有個聲音膨脹著。一聲呼喚，關於名字，關於兒子。然而面前這人，臉色蒼白下沉，頭髮蓬亂，滿嘴鬍鬚，眼周垂黑。又熟悉又陌生，她夾在兩者之間的真空，欲發聲還噤聲。

只是每天搭一樣的公車走一樣的路而已。只是每天將磁卡靠近感應器，早上九點晚上六點而已。只是每天買的便當都有剩而已。只是每天停在透著白光和冷氣的房門外，記不得多久沒看見自己的兒子而已。只是每天都盯著辦公室壁上那沒有秒針的鐘而已。

日日積攢這些「只是而已」，直到回首時，她才驚覺她從來不知今夕何夕，不明白此人何人，不確定自己為誰。

只是在這場不知持續一秒還是一分的暫停中，她先垂下雙眼而已。

他見狀便端起便當，轉身回房，又走成走廊牆上一道歪扭的人影，而後牆上的白光從曲折的長方形闔成垂角。門扣上，反鎖，牆面終歸昏黑。

而她終歸一個人用餐。上一次三個人，不，兩個人吃飯是什麼時候了？

第一次，她不在飯廳吃飯。而是端便當回房，按開電腦，畫面停在所有照片以幻燈片方式播畢後的頁面。游標滑到「再次播放」。

每張照片間隔五秒。第一張她還和剛出生的佑佑躺在醫院，下一張卻躍至佑佑小學坐在書桌前看課本的側面。她沒有為檔案編碼，時序混亂。也許就是因為這樣，她沒有發現，隨著佑佑長大，他們一家人出遊的照片越來越少，再後來丈夫幾乎不會出現在照片裡，再後來只剩下每年一張佑佑生日時母子兩人湊在蛋糕旁的定時自拍照。她也沒有發現，佑佑的表情越來越冷淡，那不是男孩子為了掩飾和母親拍照的羞澀，而是有所失的茫然與倉皇。而她自己則笑得益發勉強，彷彿心底明白有些什麼正在鬆解，卻無力抓持。

幻燈片最後一張，佑佑高中畢業典禮上兩人的合照。彼時他已長得高壯，她的頭頂僅止於他的肩。彼時他還臉龐清俊，蓄了些頭髮，為了這個時刻，特地稍飾以髮蠟，瀏海覆額而不遮眼，一臉好學生乖兒子樣，家族聚會裡爺奶疼父母驕親朋羨的類型。

她湊近電腦，衣角鋪到飯上，冷光映出僵硬揚起的嘴角，眼盯螢幕，卻又像看著很遠很遠的地方。

什麼母子戀？本來就是母子啊。沒關係，一定是你不喜歡吃便當吧？沒關係，媽媽明天做別的就好了。好不好，佑佑？

你說

兩個人，一餐飯，一日上桌三回。方桌兩邊各擺一副碗筷，靠牆那邊倚湯和飯，剩下空間便是兩菜一肉，今天中午蒸魚，魚盤旁邊一朵月曆紙摺成的小盒。圓鍋圓盤圓碗，填一張方桌滿。

說不上圓滿。卻也未嘗不滿。

她替自己舀湯，替他盛飯。無語。木筷偶爾蹭過瓷碗，蹬音都謹慎起來。而後她伸向魚，撇開蔥薑，筷尖一劃一張，腹肉與背二分，腹又二分，翻過來剔去魚刺，再拈一小搓蔥薑擺上，一份放他飯上，一份自己接著。

還沒送進口裡，蔥薑已落些許入碗。近來，手間或這般顫抖，且愈發頻繁了。

你說，這魚鹹了點吧？

舌尖尋著一根刺，推出來，丟進小紙盒。

也不待回應，她便又自顧講起，今天沒注意，醃太久囉，鹽抹上後我幹什麼去了？停頓半晌，又嘆，唉，想不起啦，也沒留意一個小時就過去了。真是。你多配點飯啊，也別舀那魚湯了，肉都這麼鹹了，那湯不能喝啦。唉，難得吃魚呢。你也說說你兒子，別老是買雞買豬的，換著吃嘛，再說我們都這把年紀了，肉還得多吃白一點的是，你說對吧？

她逕自說著，說著湯到口邊，好幾個字便混在裡頭一同嚥下。

*

那時他們認識三個月，還算新，開始有些舊了。像總算合腳的鞋，像他載她回家的路。一下子還分不開，便雙雙繞著她家樓下公園踅。說不上分不開的理由。分不開本身就是理由。就沉默地聽彼此踩過落葉，踏過一塊突起的磚。夜跑的男子追過，待他們走了四分之一圈，又被男子超前一回。

直到他一聲「妳說」。

像這聲開話頭的習慣，還算新，但她也逐漸熟悉了。

「妳說，我們明天怎麼約？」

她沒回話。她曉得這話頭的意思。

他也沒等她的意思，啣起未消的話尾說起，「明天我有個案子要忙，可能得加班，晚餐不能一起吃了。可以約晚一點，反正禮拜五嘛。看電影如何？我們都還沒一起看過電影吧。不曉得最近什麼好看……我回家翻翻報紙再跟妳說？前陣子聽我同事……」

風亂光，燈影斑駁，他每次「妳說」這般話頭一啟，便自個兒叨個沒完，如一陣葉落。她並不惱，只是有些出神。有點想鬧他：你的「妳說」可從來沒讓我說過什麼呢。卻只是哂哂，把話抿著。靜靜的，很好。聽他說話，很好。

她湊向他，挽過他的手。今晚有月，有暈，有點涼，但不冷。很好。

就又走了幾圈。每一段路都是舊的，但有他在旁碎語，她便覺得自己是新的。

夜跑男子又超前他們，精瘦背影在路盡處左轉。

＊

她挽著他的左手。準確來說，是有些費力地提著他的左手。慢跑者經過。快走者經過。散步中的情侶經過。他右腳跨一蹞，只向前半個路磚的距離，再把左腳拖到和右腳平行。每個禮拜二和四下午，他右手拄拐杖，左手交給她；她右手扶著他，左手推輪椅。兩個人，五隻腳，一對輪子，被時間經過。

他六十，她五十四，行走起居盡皆關卡。例如從四樓的家走到一樓要花十分鐘，由下走上反倒快一些。年輕時總覺得下樓梯簡單，要到身體勉強起來，才知道往下走得提住自己的重心像拉著一條垂危的命，反倒上樓梯還輕鬆些。又例如他們暗色木質系的家，自某天起，一道金屬扶手攀上牆壁，蛇繞滿室。工匠鑽洞敲打一整天，她在粉塵中愣愣看著這個家被扶手切開，正如那一場病將他切成兩邊。左邊不能，右邊雖能，但仍比常人遲緩許多。

那是兩年前的事了。那天他們就寢前，她巡過門鎖、瓦斯開關、各房電器，回到臥房驚見他沒躺上床，而是倒在床旁。等救護車，三分鐘像三年一般長，她猛然想起，有此一說，這個時候要把病人指尖刺出血。她翻出一根針，急著抓起他的手，這才發現自己激烈顫抖，針抵上皮膚卻使不上力。刺下去，她催自己，快刺下去。但無法，她下不了手。針頭徘徊於兩人指尖之隙，聲與淚從她體內潰湧而出。而後救護人員趕至，那根針在一陣雜沓中滾到角落，眾聲紛亂，她仍然依稀聽見那針撞上牆壁的聲音，若墜碎一滴冰晶。

他醒來時，她握他的左手，喚他。見他張嘴，微微吐出不成型的音。醫生幾張片子幾句話便交代清楚，血栓導致語言區和左側運動區受損。她不曉得怎麼對他說，說什麼都像宣判，說什麼都像要吹熄他眼底一絲盼望。他嘴角滑出唾液，她起身去拿衛生紙，才一鬆手，他的左手便如無主物般掉落，掛在床沿。她就近為他擦拭，垂下眼，不忍看他滿臉徬徨，一覺醒來發現自己不再是自己。

從此日子走得很慢，但沒有停，她不確定自己是否希望時間暫停。至少他病後她是再也停不下來了：她屢次推卻兒子遞來的人力仲介，堅持自己照護。

他們的獨生兒或許算是這場厄變中唯一的慈悲。夫生病那時，兒子正好大學畢業。夫的公司很是體諒，安了一筆慰問金，還直接讓他們兒子來就職。兩年下來，夫的病大致穩了，不會更壞，不再更好；兒的工作也妥當了，偶爾帶女孩子回來給他們認識，每個週末提一個禮拜份的食材過來，讓她不必出門買菜。夫初病那些日子，有時心力消耗見底，她暗自盼望隔天就是末日，然而，等了兩年沒等來末日，倒也漸漸習慣每一天為他量血壓開始。

習慣每個禮拜二和四下午到公園走路，被所有人超越。她的右手稍稍拂上他蒸熱的體溫，轉過頭去問他要不要休息。他無表情回望她一眼，撇撇頭，但也不再走，就只是站著。她看他晃蕩在樹影中的側臉，遠遠聽見涼亭那些和他們一般歲數的老男人們群聚下棋。聲音都還在，但他們被關在聲音之外。

只因他是再也不說了。

還是有那麼幾件事，無法習慣，甚且有些恨。為什麼偏偏是不能說。那徒勞的恨意正如那根沒能刺進他指尖的針，被踢到角落，滾出一地無人答理的喃怨。

*

她把抖落的蔥薑再匯聚起來，又拾了一塊蒸魚，就著碗趕入口中。最近這三個月來，手抖得越來越猛，身體也好似瓶底裂出一隙，涓涓洩漏。她盡量不去想原因。

差別最大的應該是睡覺這事。自從他病了，她每晚睡眠也切成兩次，十點到兩點，起來確認他沒事，幫他翻身，扶一扶撐著脖子、膝蓋、腳後跟的墊子，他當然也會醒來，悶哼幾聲，後來學會使力，幫她省了點事。躺回床上，真正入睡大概三點，七點再起來，料理早餐。他病後他們每一天早餐都是燉燕麥粥，搭配不同的果乾和堅果。七點半她喚醒他，量完血壓才起身，推他到方桌一側，牆的對面，替他圈好圍兜，自己坐他左手邊。

兩個人，一餐飯，一日如是上桌三回。

但這三個月來她時常難以入睡，好不容易睡著了，卻一路睡到九點。就遲這麼兩小時，其餘家事進度便落後，而且愈發懈怠。或許隱隱覺得對他過意不去，近來她一旦晚起，便整理他的床鋪。這樣他能睡得舒服些吧，像要彌補什麼似地，她不敢承認縱使入眠難，但能一覺睡到天亮實在是舒坦多了。

另一件事應該是腰痛。也不是筋肉痛，也不是神經痛，準確來說是一陣令人癱軟的痠，痠到盡處浮起刺刺的疼。兒子斷定她是照顧夫以來使力的方法不對，且這一照顧也耗去了八年。於是兒子這次不經她同意，逕自請了專司打掃的李阿姨，每週固定禮拜三傍晚清理一回，她無力抗拒，唯獨交代夫的床不可動。

兒子口中的李阿姨，她稱李太太，不過小她兩三歲。每每望李太太幹練爬上窗臺，刮窗拖劃出一道晶亮透明，她總暗想，人到了這歲數，還得把自己操持得這麼硬朗，身後恐怕也有些難言之隱吧。像她這些年砥礪自己，才撐得住夫的左半邊。

所以她偶爾會向兒子負氣：「這年紀還做這種體力活，一定有什麼不得不。」

兒子不答，她就繼續，「我要說的是，所以我現在也還能繼續做。」

兒子望她，眼神遲疑。

「總之妳別再折騰自己就是。」

也不算回答，也不算討論。她不曉得兒子這話算什麼。但她總是無法再說什麼。

蔥薑落得一碗的時候，她恍恍想起兒子的話。想起來就悶。她還嚼著太鹹的蒸魚，有些含糊地說，噯，你兒子叫我別再折騰自己，你說他這什麼意思？哪有人把照顧自己人當苦勞。他一開始要我找外傭，我通通說不，除了要替他省錢，重點還是這種事情怎麼可以包給外人？當然這麼做的大有人在，但那都是逼不得已吧，這種事當然要盡量自己來。今天換成我是你，你是我，也是一樣的。唉，你兒子喔，看他每次帶回來的女孩子都不同就知道，不長久啦，不長久就不會懂啦。

話音消散的盡處，緩緩浮起筷子蹠步聲。她又挾一塊魚背到他碗裡。

＊

有很長一段日子，一直是三個人，一餐飯。他和她對坐方桌兩側，靠牆那邊倚湯和飯，牆的對面是他們的兒。她會替自己舀湯，替他們盛飯。

兒子大了，還是終歸兩個人，一餐飯。

病後她不再坐他對面。方桌四邊，一邊靠牆，牆的對面是他。她在他的左側，挾菜到他碗裡或湯匙裡，他再整個人彎下去，以口就碗，沒有湯水一樣吃得窸窸窣窣。

病後的料理簡單許多。不煎不炸，偶爾炒，調味也單純，清清淡淡，菜歸菜，肉歸肉，食物回歸本質，他們的日子歸於他的身體。

一場病把兩個人的作息排得齊齊整整。每週二四去公園，每週一三五復健中心接駁車停在樓下。他從連人帶輪椅被推上車，到現在病後四年，藉司機和她各扶一邊，把自己撐上座位。

四年，病已尋常，像終於知曉常走的路哪裡多了一個坑。卻是這四年後某日，復健中心床上，她為他做腳部運動，第一動作結束，才恍然發現他的左腿上，凡她把持處，膚肉陷落，壓一顆饅頭那樣良久才回歸原狀。她又輕按一下，泥地裡的腳印，稍稍復原，又按一次，食指印又凹進去。

直到她感到他投來沉默的目光，才回過神來，對他微笑。繼而拱起他的左膝，左手執腳踝，右手撐住膝窩，膝往他的胸膛推，小腿貼大腿，至極處，她默念十，復放平他的腳。再一次。再一次。再一次。每重複一次就更意識到他浮腫的膚肉。她望著自己留在他腳踝上的掌形，正要抹抹手心出的汗，才想起他不會知道她溽濕的手。

他並非完全不能說。至少病後第一年，其實大有可為。但他執意不。治療師如何勸誘，他只是緊閉雙唇，擺擺右手晃晃頭。幾趟往返，他意念堅決，倒是她沮喪起來。有天晚上她把他推上桌，牆壁對面，圍上圍兜，自己如常坐他左邊，他喝湯時她用剪刀把雞肉絲剪得更碎。

「你是不能說還是不想說？」她盯住雞肉絲說話，金屬刀片劃過瓷碗，刮得一聲背脊麻。「出個聲也好啊，就當自己是小孩子學說話，你想你兒子剛說話那時候，也是先發些聲音，再慢慢練成各種字。」不知怎地，就是不望他一眼，逕自對碗裡說，越說越像沉到水底，一個字一個字渾糊，隱約發現水面那頭他似乎已停下湯匙。「你不說話我怎麼知道你在想什麼？以前就屬你最愛說，一個人嘮叨沒完，現在我連你的聲音都快想不起來了……」其實她不氣他，她不知能氣誰，她知道自己不該，還是急出這話，「你也要替我想想，自顧自不講話，我怎麼辦？你不能這麼任性……」

湯碗向她翻來。溫溫的湯流淌滿桌，她的手浸得溽熱。她這才猛然醒轉，抬頭望他。他毅然瞪著對面一堵牆。

他還是沒說話，但她卻依稀知道了什麼。結婚這麼多年，她這一刻才真正了解夫。她的夫，無論話多或話少或無話，都是自尊。他寧願是自己選擇不說，而非被一場病逼得不好說。

她一雙沾滿湯汁油水的手便伸過去合握住他推翻碗的右手。

從此沒有語言治療，日子越過越默然。病後這四年，每週一三五，一點到三點，她在復健中心抬起又放下夫的肉身。一場病把他們的生活排成刻度，行走其間，她以為自己不會再傷感。卻是這天意識到他浮腫而異常光滑的皮膚，見著自己的手在他身上走成足跡，讓她茫然無語。

等待接駁車回復健中心接他們時，她讓夫和輪椅朝向門外，自己一手搭著，回望滿室各自和身體拉拔的人。被逼到困境後，她才明瞭「幸福不能比較」是理想者的說詞。見某些情況更差者，她心存慶幸；見那些輕微受傷者，她又妒羨不已。即便傷病的從來不是自己。

然而無論慶幸或妒羨都在每週三次的肢體運動中融解了。卻又不是完全消散，而是渣滓積成她心上一個指印子，一如她留在夫身上的那些。夫是說不得，而她無法對自己解釋任何。

那時一隻溫熱的手蓋在她的手背上。她這才驚覺自己握著輪椅把手，緊緊的，近乎要捏碎什麼。她垂望夫的右手，一下子鬆懈下來。

他並不是提醒她該走了，她曉得。她把他的手擺回腿上，還是輕輕問了，「回去了吧？」

他沒有說話。面對所有已至的，未至的，遲至的，其實沒有人能說什麼。夫早她許多明白了，而她一直不確定自己真明白了沒，縱使已經那麼習慣只聽見自己的聲音。

＊

她一手湯匙一手筷子把魚頭輕輕一折，湯匙托著向對面的碗遞過去。

喏，這你吃。你最愛的囉。那時候我們才交往沒多久，吃個飯，你沒頭沒腦就一隻手拿著魚頭，一隻手扶著牠嘴巴往我這湊過來。真是，一個大我六歲的男人幼稚得像小孩一樣。然後又開始大談這魚頭該怎麼吃，你記得吧？

對面那碗豐豐盛盛一樣都沒少，扎實一碗白飯，先有魚腹和蔥薑，後又疊一塊魚背，魚頭顫顫巍巍，一放上就倒落。落過桌邊，落到對面的椅子正中間。

她這才抬眼，這餐飯以來第一次望向正對面。

沒有人。那裡已經很久沒有人了。

至少三個月以來是這樣。三個月，還算新，開始有些舊了。大部分時候還是很新，雖然滿室都是舊的，舊的碗筷舊的桌盤，但沒有他的日子總是新得像一件扎人的毛衣。

三個月前那天像八年前那天。當然還是有些不同，例如八年前是在掙扎，三個月前倒像等待。她仍然撥了電話，翻出一根針，抓起他的手，頓了頓，想起自己抓的是他的左手。這麼想就沒有猶豫，不再顫抖。不會痛。她說。不會痛。針尖從指甲下邊抵進指肉。至極處。她一手掐緊他的指頭，一手施力——像穿刺，像突破，像過了一道窄門。然後就會了。大拇指。食指。無名指。小指。往下摘掉襪子。她不確定不會痛的是他的左邊還是她自己。

然而無論做了什麼或什麼也沒做都沒有差別。八年前她無可挽回能說話的夫，三個月前她沒能讓夫再醒來。甚至沒能再看一眼他的左手左腳，她想那一定還是會痛，指甲裡頭脹滿血。那天之後她時常右手輪著搓揉自己左手的指甲。

七七之後，她生了八年來第一場病。也不過就是發燒幾天，一個禮拜頭昏腦脹的感冒。卻就是那病後，她的腰再也挺不起來，手間或無可抑地顫抖，日日長眠，睡醒後不必幫夫量血壓，便去整頓夫的床。

偶爾還是有那麼幾天，像遺忘又像記得，煮兩人份的一餐飯。然後她會替自己舀湯，替他盛飯。

魚頭落到椅子上，她訥然許久。時間凍成晶，一輩子凝結成一刻恍惚。她伸向對面，靜靜吃完那疊了魚肉和蔥薑的整碗飯。把剩下的魚肉刮淨，魚骨折三折丟進月曆紙盒，兩盤剩菜湊成一盤，湯和飯仍倚著牆不動。

圓盤圓碗齊疊，碰撞聲落，她緩緩站起，雙手捧著往廚房走去。

一腳踩進廚房，她想起什麼，回過身來。

對了，今天禮拜二，等我收拾完，再去公園走走，你說好吧？

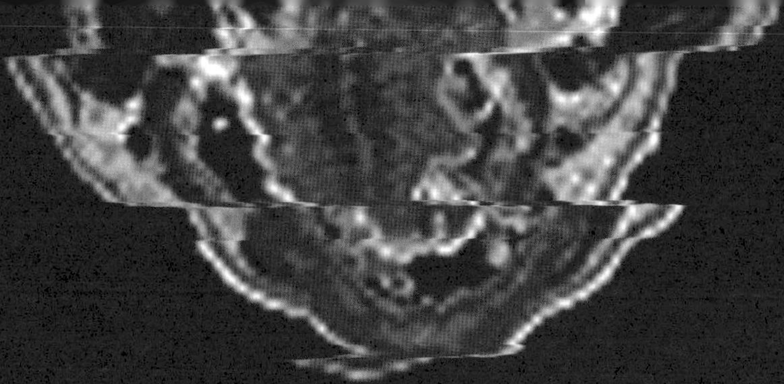

假花

畢業典禮上，一雙手在我的右胸口別一朵花。花是紙做的，紙的紋路像極花的脈，每一只花瓣都細小得像白蟻的翅膀，層層疊疊成膨厚又透白的花。

直到深夜要浴洗的時候，我才發現，花的背面，別針沒有針頭。只是一圈沒有開口的細環。像幼時玩過的益智套環玩具，沒有辦法洞悉它們如何扣在一起，亦不明白如何使它們分離。

也許只能讓花朵連著衣服一起褪去。正當我這麼想，並且撐開專為典禮買的襯衫，布料的撕裂聲才使我明白，沒有針頭的別針，不是別在衣服，而是我的身體。

原本透白的花，好像暈上淡淡粉紅。

我不敢貿然扯下和身體相連的別針，只好在每件衣服的右邊胸口，都割出一道隙縫。此後每一天，花從裂痕中綻開。

每個人都讚美我胸上的花。走在路上，好像連最不友善的店員都變得親切。較為親近的朋友，會湊近聞聞，或輕觸花瓣。這是假花，我說。像真的一樣，他們說。

畢業之後換到新環境。新認識的人，不曾問過我的名字，甚至不曾和我四目相對。他們直盯著我的胸口，彷彿那朵花便是我的臉。他們對花說話，當我回答，他們便將耳朵湊向花。一瓣瓣粉紅色的薄翅掃過他們的耳廓。我不確定他們微笑，是因為我的話語，還是因為花的祕密。

當花瓣的紅越來越深，我逐漸發現自己可以感覺到花。

如若一雙手撫摸花，我感覺那是一部分的自己被撫摸。有鼻尖埋進花瓣叢裡嗅聞，我會因為搔癢而輕輕抖動。若有舌尖躡過每一朵花瓣，那時連沉默的我都關不住全身的嘆息。

直到再也沒有人親吻我，留我在鏡裡赤裸地與花對望，終於連最難言的困惑也關不住了：究竟是花是我，還是我是我？

我詢問花。花不語。

必須使它言語。

我捏住一片翅瓣，扯下：你是我。再一片，扯下：我是我。

撕去花瓣的感覺像沿著指甲邊緣撕下皮膚。撕下來的紅色花瓣從尖端滴漏鮮血。

再一片是你。再一片是我。

膨厚的花，無數的瓣。一瓣又一瓣地，解答的錘，在我和花之間擺盪。微小的刺痛終究積累得太多，使我佝身。還有幾片，就能知曉問卜的答案。伸向花瓣的手指在顫抖。再一片，你。再一片，我。

你。我。你。我。

觸及最後一瓣時，我已經躺在淹成窪的血液裡。

我來不及知道答案。不知是因為連說出一個字的氣力都喪盡，或是鮮血竄進耳內屏蔽我微弱的氣音。

唯感覺右胸口被拉扯。那雙為我別上假花的手，伸出手指，勾起沒有頭的別針，將我提起來。

覆滿液體表面的花瓣流過我的身軀。像千萬隻小手輕拂，千萬對嘴唇親吻。像假花終於把所有人對它的愛與撫觸一次全還給了我。

使我全身激顫，直到知覺的盡頭。

Hotel California

「Hey, Isa」

「Hey.」

「我想聽 *Hotel California*。」

車內響起前奏。

自動駕駛的車子載著我，行於大廈夾迫的馬路。馬路與其說是人類的開闢，不如說是這些高聳大樓仁慈的側身。像眾神腳下同情地挪出可供人車如螻蟻通行的隙縫。

而我在車內平躺，透過天窗，仰望不見眾神隱翳雲端的面龐。

我是整座城唯一的螻蟻。衢道空無人車。唯一的聲音來自老鷹合唱團主唱 Don Henley，讓一切靜閉更加靜閉。古老而砂質的聲嗓，彷彿從黑暗無盡的公路深處飄來大麻的氣味。

我早已習慣沒有人的城市。儘管我不真的明白為什麼。也許大家都關在自己的房間用VR，也許這座城就是某個他人的VR。分不清真實和虛擬早已是常態。喔不，應該說，現實和虛擬的辯證是過氣的哲學命題。就像幾個世紀以前還在思考數位和類比一樣。一定是老鷹合唱團的音樂讓我忽然變得這麼懷舊。我搞不好是一組記憶串流，那根本和現實虛擬這種二元思考無關，早就沒有區別的必要了。

那麼必要的是什麼？

綁在右手腕的健康偵測器，感測到我的腦內含氧量降低，以及長時間縮在車內的肌肉緊繃，於是傳送身體疲憊需要休息的資訊給車子。「My head grew heavy and my sight grew dim. I had to stop for the night」，在Don Henley的歌聲中，車子轉彎，停在一間飯店前，再自動熄火。Don Henley還沒唱完下一節歌詞便消失。在我的身體素質回到可以行車的標準前，也就是通過健康偵測器的標準之前，以安全為由而受制於健康偵測器的自動駕駛車子是不會再發動的。

這世界就是這樣。我只有下車走進飯店一途。

飯店招牌用老派的LED燈寫著「Hotel California」。這是什麼惡趣味？我不禁轉頭，向我的右後方仰角瞧瞧。如果我是「模擬市民」之類的遊戲角色，現在在螢幕外操控這一切的玩家應該從那個視角俯瞰我，等著我走進飯店吧。如果等一下還真的在門口出現一個手持蠟燭的女人，還在這個擺明沒有教堂的城市響起一聲鐘，我會絕對肯定自己是被某個老鷹合唱團的鐵粉工程師寫下來的程式碼。那麼這座城市就會是他的程式。

沒有女人也沒有鐘聲。就像我往右後方的高空望去，也找不到那雙在螢幕外凝視我的眼睛。只有被參差高樓切成不規則狀的，積體電路般的天空。看不見盡頭的天空彷彿深淵，而深淵並未回望我。

我走進飯店，在鏡面構成的大廳裡，無數個我回望我自己。鏡面空白處不斷生成程式碼，我看不懂，但可以猜測是身體所有組成成分的編碼：骨質密度、肌肉纖維數量、神經傳導速度、細胞代謝頻率、基因資訊。

所有關於我的一切，都是數字。

另外可以懂得的是，我看起來是個生物學上的雄性人類。不過，也許我的瞳孔裡有ＡＲ水晶體，讓我將自己**看成**一個生物學雄性人類。唉，我又掉入虛擬和真實的思考陷阱裡了。重點不是我是不是一個「實存」的生物學雄性人類。重點是我「看起來」是。這樣就夠了。所有的看起來都是再現，「實存」是個不存在的問題。

程式碼不斷生成。一場漫長的機械獨白。

無法數字化的時間過後，我的面前出現和我等身的我自己。彷彿３Ｄ投影的維特魯維人——不過我不叫 Vitruvian Man，鏡面資訊標示我為 Homo sapiens 11235813。我的身體基本單位是肋骨。身高、體重、手指長度、所有器官尺寸、眼睛到嘴巴的距離、指尖到心臟的距離，所有關於我的一切，都可以換算成肋骨長度的倍數。在３Ｄ投影的我自己面前，我任意點按身體的兩點，系統就會告訴我這是幾倍肋骨長。

這是屬於我的 Le proporzioni del corpo umano secondo Vitruvio ——在鏡子裡獨白許久的程式，應該叫做達文西吧。為什麼我老是聯想到這些古老又無聊的事情。

一定是被老鷹合唱團洗腦了。在鏡廳終於打開通道，而我走上前時，忽然整個空間都飄降他們合唱的副歌：

Welcome to the Hotel California
Such a lovely place
Such a lovely face
Plenty of room at the Hotel California

被健康偵測器斷定為疲累的編號 11235813 的 Homo sapiens 終於可以入住 Hotel California 了。謝謝老鷹合唱團鐵粉工程師。在房間門掃描辨識我的臉部，即將打開之前，我又向我的右後方一瞥——這次沒有蒼茫，只有長長的乾淨明亮的通道，兩列一望無盡的房間。

*

「Hey, Isa.」

「Hey.」

「我想離開這裡。」

「你在哪裡。」

「Hotel California。」

「*Hotel California*，是生物學人類紀元一九七七年二月，由五位生物學雄性人類組成的流行音樂團體 Eagles 所發行的專輯同名單曲。（如須了解「專輯」、「單曲」、「流行音樂」等詞義，請叫喚「投影其他選項」，再點選所需單詞。）五位雄性人類分別名為……」

「謝謝你 Isa。」

房間停止言語。為什麼當虛擬和真實早已成為過氣的哲學問題時，ＡＩ仍然是個善於答非所問的程式呢？

我沒來由地稱呼每一個我使用的ＡＩ為 Isa，甚至想不起曾經這樣設定這些

AI。應該是我被設定要這麼稱呼了。

一如此刻我被設定要起床。更精準地說，是健康偵測器判斷身體已經完成睡眠周期，傳送訊號給房間系統。床的溫度下降，我必須起身離開。

從床邊到廁所的距離，五步半。馬桶感應到我，啟動脫臭和自動清潔，排尿，馬桶回報健康偵測手環：份量與酸鹼值沒有異常。自動沖水，自動蓋上馬桶蓋。刷牙，電動牙刷回報健康偵測手環：口腔沒有異常。刮鬍刀片回報：細胞生長速度沒有異常。淋浴間開啟，自動設定時間十五分鐘。

起床、更衣、如廁、盥洗、淋浴、擦乾。踏出廁所的那一步，門口的觸控面板亮綠燈。那代表今天一如往常消耗三十分鐘，沒有異常。

第一餐在我離開廁所時已經連同托盤放在門口平臺。進食半小時。將空的餐盤放回平臺。門口到書桌的距離，八步。書桌內層打開，工作裝置升起，開始工作。工作內容：在屏幕上比劃，將各種形狀的方塊疊成沒有空隙的水平，每疊一層就能賺取積分。像是沒有時間盡頭的俄羅斯方塊。不，正確來說，工作時間是四個小時。四個小時後，裝置關閉，我得轉身再走八步，抵達門口，拿取已經置換成第二餐的餐盤。進食半小時。歸還餐盤。從門口到床邊，六步半。休息一小時。床已經升溫，休息結束又降溫。繼續工作四個小時。

兩個工作階段的積分效率，沒有異常。

工作結束後，戴上情境頭套。頭套藉由控制大腦感知，讓我忽然感覺自己不在房間裡，而在遼闊的戶外運動公園。開始慢跑，一個小時。健康偵測手環確認身體消耗能量達到標準值，傳送訊號給頭套。情境頭套自動關閉，我回到房間。

有時候我不禁想，我在房間的生活，是不是也是另一個頭套的結果？但每次我從運動公園回到房間，褪下運動使用的情境頭套之後，無論我如何摸索自己的頭部，都找不到另一組裝置。

從桌子和床之間的空地到廁所，七步。梳洗十五分鐘。門口面板再度亮起綠燈。走出廁所，第三餐等在門口。

三餐營養攝取量，沒有異常。運動效率，沒有異常。積分收入與換取食物和住宿的支出，沒有異常。

自從進入飯店房間，我一直這樣過著沒有異常的生活。沒有異常地持續了多久，我並不曉得。這裡沒有日夜，我是我自己的時間，沒有異常地維持從睡眠到甦醒之間的所有運作。

全銀白色系的房間，是以生物學人類生理需求，加上現今科技技術能夠達到的程度，換算成最小的維持生存的住宿空間。因此所有空間，包括床和書桌的間距、床尾和牆壁的間距、床和廁所的間距、廁所外的通道間距，都是以生物學雄性人類的站立、行走、手臂延展等所需空間為基礎算成。

我，編號 11235813 的平均值生物學雄性人類，是這個房間的基礎單位。所有關於我的一切，都可以換算成肋骨的倍數。所有關於房間的一切，都可以換算成我身體的倍數。

第三餐到健康偵測手環測定我需要睡覺之間的時間，總感覺特別漫長。因為這段時間沒有任何機械的計時，便看不見時間的盡頭。這段時間我總想離開房間，到外頭蹓躂。有一次在我把第三餐的餐盤放到門旁平臺後，想順手打開房門。然而無論如何扯動門把，門都無動於衷。

「Hey, Isa.」

「Hey.」

「我的房間門壞了。」

「請稍候，我將連結系統進行確認。」

沒有 Isa 的聲音的時候，我持續拉扯門把。健康偵測手環原本穩定閃爍的綠燈，忽然頻率加快：心搏在非預設時段增高。異常。

房間再度飄落 Isa 的聲音。

「房門系統沒有問題，可以正常開啟。」

「但我打不開門。」

「為什麼你需要開門？」

「我想要出去。」

「為什麼你需要出去？」

這個問題像一道心搏停止的平直光束貫穿了我——健康偵測器一定漏抓了那停止的一拍，否則一定會閃紅燈。

為什麼我需要出去？為什麼我說不上為什麼？

因為 Isa 的問題而怔著，我背靠著門，回望一整間整潔而空白的房間。

「為什麼我不需要出去？」我恍惚地回問。

「你的健康偵測器確認在這間房間裡，你的健康素質以及身體狀態所代表的心理狀態可以維持在最佳的平穩階段。所有關於你的身體健康的數字都能落在正常值。你的生活能夠在這裡得到所有最佳化的數據。因此健康偵測器判斷你不需要出去。」

整潔而空白的房間以 Isa 的聲音回答我。Isa 的聲音，整潔而空白。

健康偵測器的訊號讓車子不再前行，讓房門不再開啟。無法繼續回問 Isa 的我，只能任由心跳逐漸緩和。手環上的綠燈回歸穩定——沒有異常。

*

原本如同房間一般空白而飄忽的 Isa 的聲音，以具體的型態出現在我眼前，是在那次試圖打開房門而失敗之後。

Check in 這間旅館以後的時間無法計量，沒有窗戶的房間將晝夜區隔在外。

彷彿刻意似地，清醒時的三餐，分別在我浴洗、工作和運動時送進房間。我無法在這些時刻從機器時間中抽身，監視送進餐盤的房門開閉。一旦我偷偷離開浴室、書桌或運動情境，我便無法維持時間和效率的正常值。我會從沒有異常的生活中偏離。至於為什麼不能偏離，那幾乎像是為什麼需要離開房間，或是為什麼非得離開車子走進飯店一樣，超出我能回答的範圍。就像人類對ＡＩ的提問，有時候也超出ＡＩ能回答的範圍。

無法回答的問題標示了我的界線。正如同運算式標示了程式的邊界。如同高樓的存有標示了城市的邊界。

會不會，其實不是 Isa，而是我，才是ＡＩ呢？我不確定只有ＡＩ才有無法回答的問題，還是 Homo sapiens 也會有無法回答的問題。

這樣的不確定，在房間第一次響起鈴聲，而我甚至還沒意會過來，就望見廊道彼端房門自動開啟，一位生物學雌性人類走進而房門立刻關閉之後，更加逼近令我困惑的沒有解答。

如果我以為是ＡＩ的 Isa 有了形體，那麼有形體的 Homo sapiens 是不是也有可能是ＡＩ呢？

「Hey, Isa.」話語早於我的意識脫口而出。這次不是對著空車或空房說話，而是對著看似人類的形體說話。也許我不是被設定要稱呼ＡＩ為 Isa，而是我只曉得稱呼我以外的存在為 Isa。

「Hey.」雌性人類似乎對我的稱呼沒有任何疑惑，以如同在車子和房間裡回答我的 Isa 的聲音回答我。

因為不是對著空車和空房下達指令，而是和一位具體在眼前的人類打招呼，忽然我不知道要接著說什麼。在這恍惚的瞬間，我才發現這是我第一次遇到一個機器以外的存在。

無法成形的語言漫漶為迷霧。Isa 自迷茫的景深走來。她解開我的扣子，襯衫滑墜時，我聽見鈕扣落在乾淨潔白的地上如若迷霧凝結成露珠。

露珠滴在我身上，當 Isa 以她透明的聲音滌洗了靜默而我平躺在床。

「右手中指指尖到心臟，」Isa 的指尖踮在我的軀體上，走成兩點一直線，

「是五倍肋骨長。」

我看著Isa瞳孔裡的自己，餘光瞥見她的指頭停在起伏逐漸加劇的我的胸口。

「心臟到右鎖骨，一點六九肋骨長。」Isa的臉頰，跟著手指的步伐，輕輕湊上我的左邊鎖骨。

「右鎖骨到嘴唇。」Isa撫摸我的唇，彷彿愛惜一對花瓣的手勢。「一點二三肋骨長。」

健康偵測手環感應到持續得過快的心搏。異常。閃爍黃燈。

Isa執起我的手，輕輕地吻了偵測器。彷彿偵測器才是真正需要安撫的心跳。而後她的唇才來到我的心臟。「心臟，」她的氣息拂過我的肌膚，鼻尖一路往下曳行，「到肚臍。」舌尖旋進我肚腹的小黑洞。

「二點二三肋骨長。」

「這裡，」恥骨。「到這裡，」我膨脹的性器頂端。

「與肋骨等長。」

所有關於我的一切，都可以換算成肋骨的度量衡。所有肋骨的度量衡，都可以凝結成 Isa 的語言。

當 Isa 將我的肋骨放進她的身體裡，我消散成我的失語。

在失語的懸浮中，我慢慢闔上雙眼。所有我激升的生理反應，那些異常，都在 Isa 再度親吻偵測器的瞬間，成為沒有異常的綠燈。綠燈在逐漸吞滅我的黑暗中，平穩地向我眨眼。

*

在沒有時間的 Hotel California，Isa 成為我的時間。第三餐過後我等待她的鈴聲彷彿凝視日出的一瞬。每一次她到來，總能在我身上牽引出與上次不一樣的線段。她將兩點連成一線，像在我的軀體上，將星點連成星座。而我的身體終將掩成夜幕覆蓋我自己，意識消失一如日落降臨。待我完成睡眠周期而甦醒，Isa 早已消失，像是從來不曾存在過。

無法量化的好幾次意識日落之後，我才慢慢發現，原來連 Isa 來到我的房間，都成為這個房間系統的一部分。通常第三餐到睡眠之間，因為沒有機器規整時間，所以我以為 Isa 來的時間無法預估，正如同在 Isa 出現之前，對於睡覺的等待總是看不見盡頭。但慢慢地，我不想要 Isa 總是在沒有盡頭的時間走道上忽然走來；我想要有盡頭的等待。於是我開始嘗試，在第三餐的餐盤放到門口平臺，走八步回到書桌之後，用心跳計算時間。

第六四八〇下心跳的時候，電鈴響起。

當我從書桌走一步半到可以看見門口的房間角落，Isa 已經站在關起門的房間內。我再走一步半到床尾，Isa 步距較小，從門口到床尾，走了七步。

Isa 解開我的襯衫扣子，一共七顆。襯衫墜落的時候我感覺心跳漏了一拍。Isa 讓我平躺而輕巧地跨坐在我身上。Isa 以舌尖和指尖計算我的身體。這一次是乳頭間的距離、右側乳頭到肚臍的距離、阿基里斯腱到膝窩的距離、膝窩到大腿根的距離，而後總是在第五組計算，是那一支突起的肋骨。Isa 放進她的身體，此時我盡力保持理智，計算過快的心跳，大概第六五〇〇下的時候，知覺抵達高峰。其後的時間就難以計算了。

六四八〇下心跳、一步半和七步、七顆扣子、遺漏的一拍心跳、五次的肋骨倍數計算、六五〇〇下心跳——我一次又一次地計算，一如手環和房間系統計算我的睡眠、排泄、毛髮、盥洗工作運動吃飯的所有數字。後來，我發現這樣一組數字，是不會改變的。

在這組數字內，Isa 來到房間，是一件沒有異常的事。這期間我的生理數字的變動，也是沒有異常的生活的一環。

是我成為 Isa 的系統，還是 Isa 本來就是這個房間系統？是我下意識地照著數字運行，還是數字先於我，像從天花板垂降下來一條條隱形的傀儡線，主導我所有的行為？

「Hey, Isa.」有一次在 Isa 解開第四顆扣子的時候，我發出了聲音。

「Hey.」Isa 停止動作。

「我想我們被困在數字的永劫回歸裡了。」

Isa 緩緩抬頭，看進我的雙眼。看著那樣篤定的遲疑，我遺忘了心跳的數數。

「We are all just prisoners here, of our own device.」Isa 聳聳肩，而後繼續動作。

老天，這不是 *Hotel California* 的歌詞嗎？

這一切一定有誰在搞鬼。

誰在這個房間之外操控傀儡線。

我仰望天花板，乾淨潔白，空曠得包藏不了一點異常。Isa 的回答使我暈眩，在仰望中倒上床。她接著攀上我的身軀，繼續著數列中的其他數字一如她解開了我剩下的三顆扣子。我的身體和我的惶惑無關，仍然能夠換算出五組數字，仍然能夠讓 Isa 放進她的身體裡。

儘管我在 Isa 來我房間的這串數列中加入其他數字、其他對話、其他行為，也不會改變數列本身的運行。

沒有異常的乾淨而明亮的房間。沒有 bug 的程式。

沒有終止的正常值生活。睡眠八小時、浴洗半小時、進食半小時、工作四小時、進食半小時、休息一小時、工作四小時、運動一小時、梳洗十五分鐘、進食半小時。六四八〇下心跳、一步半和七步、七顆扣子、遺漏的一拍心跳、五次的肋骨倍數計算、六五〇下心跳。

我是沒有窮盡的斐波那契數列，Homo sapiens，1，1，2，3，5，8，13。

*

「Hey, Isa.」

「Hey.」

屬於我和 Isa 之間的數列循環播放般地反覆運作。我會在數列中間加入一些對話，但不會改變任何。無法計量的次數之後，有一次，在心跳朝向第六五〇下開始遞增的時候，我似乎早已習慣身體的緊縮感，平穩地插入其他對話。

「帶我離開。」

「離開哪裡。」

「Hotel California。」

這次 Isa 沒有答非所問。當她停止動作，我的心臟大概跳了二三三下。身體連著身體，灼燙地靜止。那恍惚的瞬間，永恆一般綿延。綿延之際，我忽然意識到自己其實沒有記憶：來到 Hotel California 之前，我在車上；在車上之前，我在哪裡？來到 Hotel California 之後，第三餐之前我的運作規律到不需要記憶，第三餐到睡覺之間的時間難以計量。Isa 來到我的房間之後，這段時間變得可以估量。關於我的時間軸，似乎只能蒼白地區分成如此。時間軸之前，沒有更多可以回溯。沒有更早以前。沒有什麼可以被記得。時間軸之後，是每一次在 Hotel California 裡的沒有異常。是每一次醒來都一樣，每一次睡著都沒有夢，無止盡的複製貼上。沒有什麼需要被記得。

但是，這樣的狀態，真的屬於生物學人類的生存法則嗎？關於出生、關於生物群體之間的聚合離散、關於我的身體機能如何成長到此刻的我，這一切應該要是構成我之為我的時間，在哪裡呢？

悖論：要不，我不是生物學人類，儘管我看起來是；要不，關於生物學人類的時間，是一組安裝在我腦內的知識，這套知識系統並不與我此刻的時間模組相容。

「Hey, Isa.」第三七七下心跳，我再度出聲。

「Hey.」Isa 彷彿從沉思中甦醒，直起身體。

「我想我需要離開的不是 Hotel California，而是時間軸。」

「時間軸。」Isa 重複我的話語。像人類一樣若有所思。儘管我不確定像人類一樣應該是怎樣。

「構成我，或者構成不是我，的時間軸。」我的話語在思考中斷裂。

「我，」Isa 稍微歪頭，彷彿初次邂逅的困惑，「那是什麼？」

再一次，那是超出邊界的問題。或許那正是我從屬於數字的原因。畢竟，數字就是數字，沒有AR或VR或任何存在與否的問題，但我甚至無法確認自己是不是一個 Homo sapiens，無法說出「我」是什麼。

只是這一次的邊界外的問題，沒有讓我怔住，而是讓我心跳加劇。

我是什麼。這裡是哪裡。Isa 是誰。

心跳第六一〇下。

Isa 繼續我們的數列。她靠近我的耳廓。舌尖輕輕地沿著耳朵的漩渦畫出輪廓。「耳朵，」她的字句隨著氣息鑽進我，早已不再為性交顫抖的我，忽然拱起身體。那氣息緩緩移動到我面前，近得不能看清，只能感覺。「到嘴唇。」

她舔我的雙唇彷彿品嚐食物的餘味。

我看見 Isa 的嘴巴在動。我猜那應該是一個肋骨的倍數。但我掉落她的問題的迴廊，聽不清楚——心跳超過六五〇下且仍然劇烈攀升的時候，我耳裡的漩渦迴盪起 Don Henley 的聲嗓。

放輕鬆。那個聲音這麼歌唱。

我們都被程式寫定。你隨時可以 check out。背景是老鷹合唱團的伴奏。

「但你永遠無法離開。」那是 Isa 的聲音和 Don Henley 的聲音和我自己的聲音，疊在一起唱出了歌詞。

我的身體沒有在六五〇下心跳的時候射精。Isa 亦沒有抽離我的身體。Hotel California 不是 Hotel。Homo sapiens 11235813不是 Homo sapiens。Isa 不是AI。

我不是我。

「Hey, Isa.」心跳九八七下，我虛弱地說。

「Hey.」Isa 撫摸我的臉龐。

「把我帶走。」

Isa 的雙唇勾起微笑。那個弧度似曾相識，又似曾未見。那樣的微笑在我的記憶維度之外。也許很久很久以前，我曾經仰望萬暗而乾淨的天空中，有誰遺落了一枚清白色的指甲。

也或許是很久很久以後，在那枚指甲的透涼微光中，會有一對那樣微笑的嘴唇。輕輕地，偷偷地，包藏一個祕密般，靠近我的嘴唇。

那對嘴唇緩緩張開。舌尖托著一顆白色的薄荷糖。

無論之前或之後，無論似曾相識或似曾未見，一切都在我的時間軸之外。

而此刻，Isa 張開雙唇。我這才第一次看見，她的舌尖亮著綠燈，和我的健康偵測器同步閃爍。當她再更靠近一些時，我發現舌尖黏著一枚微小的晶片。

舌尖伸進我的內裡。晶片滾落。薄荷氣息從時間軸之外湧入，冰涼地淹沒我。

淹沒我。

淹沒我直到我消失在稀薄灰白的無垠之境。像是房間去除掉所有器物之後的自身無限折射。

無數個電晶體，在遠方，密聚成一小塊方形的積體電路，像是一小塊城市的天空被高樓裁成的形狀。從指尖的大小，緩緩地，變成手掌大小，變成臉龐大小。

變成實境。

那片放進嘴裡的晶片，化開了一座城。每一顆電晶體，都是一棟樓。

那是一座城的天際線。參差，密集，每一棟樓都像一位神祇，彼此閃爍光點，摩斯密碼般地對話。

在眾神的腳下，仁慈地讓出了馬路。

全空的馬路，只有一輛車子，車子裡有一個人躺著。

那個人，不知道自己是誰，不記得開車以前的任何。

他的右手腕綁著健康偵測器。手環固定閃亮綠燈，不停傳送他的身體資訊給車輛。他活在機械和程式的支配中，醒來便說，「Hey, Isa.」

他以為自己聽見了回答。便接著說。

「我想聽 *Hotel California*。」

〔後記〕

瑕疵無處回收

英文 glitch：機械的小瑕疵、小故障；流散的電流或訊號導致機體停擺。看似微小不起眼的錯誤，卻要耗費特別長的時間才能找到癥結。Glitch 發生時，機械會跳針、當機、自我重複。一首歌不斷反覆那半秒鐘的音樂，一支影片不斷迴旋同一個動作，都是 glitch。存在於各種機體裡的訊息流，跨不過那輕微的失誤，就這麼走入死路又無從轉身，往面前那堵（不見得存在的）牆，一直一直撞。

當然不是只有機器會發生 glitch。人類懷疑自己不是人類、人和非人的辯證，已經是長存人心的提問。人會不會被機器取代、機器會不會比人更像人，這些都是假議題：人和機器之間，不是非黑即白的二選一，而是光譜。人類化約到底了，終究是基因的程式碼；機器透過學習和感知模組，可以擁有相似但不同於人類的思維和行動。人和機器，都是多維的光譜。既然都在這個光譜裡，那麼會發生在機器的事情，也會發生在人類身上。

回顧自己的小說，我發現裡頭的人都有 glitch。他們的生活出現某個破綻，非常細小，小得幾乎不被外人察覺，小得還能讓他們勉強生活；但他們會在某個無法撐持住自己的時候，墜入那個破綻中，從此不斷重複類似的舉止，卻永遠無法藉此找到出路。他們把生活過成徒勞的迴路。發生 glitch 的這些角色，與其說是人類，不如說更像機器。因而他們是「人型」，是人類型態的機器，或是機器型態的人。總而言之，都是人機界線的模糊與曖昧。

另一個模糊人機界線的層面是，他們作為人類，卻不依賴同類，反而把希望寄託在非人類身上：有人形的物件、沒人形的物件、無形無狀的液體。透過非人類的凝視，我們往往發現自己一點都不像人類。在 COVID-19 的時代，我們進入建築時，都得被熱感應閘門過濾，或者在額溫槍口前低下頭來。在紅外線感應的機械眼睛裡，我們是一團色塊，或是一組數字，無論如何都不像我們假定的人類型態。小說出現各種非人、仿人、玩偶、物件，透過它們（各種意義上的）眼睛，我們能發現那些看似人類的角色，都瀕臨人形潰散、人心溶解的邊緣。

當人類把身體和生活的重量都壓在非人類身上，人類這個「物種」，其實也是「物」種——被物件發明的人種。這並不悲哀，只是事實：史蒂格勒（**Bernard Stiegler**）提出「技術降生」（**technogenesis**）一詞，形容人與物件的共同誕生。也就是說，人發明物，物也發明人。在沒有智慧型手機加上社群媒體的時代，人們不會知道「拿著一個扁長方體並且不斷以大拇指由下往上動作」這個手勢，是什麼意思。是智慧型手機（硬體），加上社群媒體應用程式（軟體），發明了人類的這個手勢。類似地，是 **COVID-19**、額溫槍、衛生體系的規訓，發明了「人類在進入建築物前要把額頭露出來」這個身體行為。

因此，回到小說來看，我們也可以說，這些讓人依賴的非人、仿人、物件、液體，發明出小說角色那些規律到了偏執的行為。努力做愛、努力堆積物件、努力把非人變成真人——儘管沒有誰可以保證如何才是「真」人。

另外，如果放大一些來看，這本小說裡的人物，作為人類群體的組成零件，也是社會系統的 glitch。包曼（Zygmunt Bauman）認為，現代社會把群體當成園藝經營：人群像植物一樣，都被修剪成齊頭的、標準的模樣，而雜草、害蟲則要想盡辦法根絕。這種極端「理想」的現代社會模式，最終導致納粹大屠殺。而在不那麼「理想」的社會，也就是個體在一定程度上被允許有瑕疵的社會，那些帶有 glitch 的人，不會被當成雜草或害蟲趕盡殺絕。不同的是，個別的人體或機器會因為小瑕疵而停擺，但巨大的社會系統不會因為這些小零件的瑕疵就無法運作。

（因而從這個層面我們可以想：人類的瑕疵和病毒的尺寸，哪個比較微小？病毒讓全球社會系統當機，但那麼多那麼多的人、那麼多那麼多的瑕疵，卻不曾讓社會系統減損任何。）

不會因為身存瑕疵而被迫害生命，這固然是「不理想」社會的「寬容」。只不過，這究竟是幸或不幸呢——短路的機器可以被廠商收回，當機的人類卻時常無處回收。無論再怎麼辯證人機如何相似，終究在「能否回收」這個層面上，我感覺或許是機器比人幸運一點的地方。

致謝

雖說軟體和硬體不可二分，但在行文的考量下，請容許我稍稍排列成軟體到硬體的漸層。

這本書和作者的軟體可以成形，第一層，要歸功於主編珊珊接住我繁雜的提問，陪伴我度過踟躕退縮與腦袋當機的時光。第二層，要歸功於大偉老師總是無私和我分享他的閱讀和思考，給予我新鮮有趣的提點，以及一路以來的提攜。第三層，要歸功於亦絢，從我還是她的專欄編輯到這次成書的過程，每一次間接或直接投遞給我的溫暖招呼。

在軟硬體的中間地帶，第一層，我要感謝芳明老師、佳嫻老師、梓評、麗群、叔夏，百忙之中閱讀書稿並惠賜推薦。第二層，我要感謝小風、嘉漢與我分享出書和創作的經驗談；以寫作者的身分交流心得，是透明而舒適的時光。

第三層，我要感謝每一個在稿子的不同階段，閱讀且回饋我的親朋好友。尤其是N，除了細讀到遣詞用字的問題，還時常反問我：「這什麼意思」、「這好看在哪」。我喜歡這些直覺反應，因為那讓我知道，文字和思考都可以一再精煉和拋光，直到讓人秒懂的地步。我也謝謝F，長久地，在每一次見面都用「最近有沒有寫什麼」開頭，並牽線讓我認識其他領域的創作者，我喜歡這些督促和跨領域的嘗試。

至於硬體則來自三個單位的養分。第一，編輯部所有成員的勞心勞力，以及尚儒充滿創造力的設計。第二，政大臺文所豐沛的學術能量、師長的關心勉勵、同儕的互助討論。第三，寫作路上有幸任職的文學單位，其中主管和同事的照顧、經手稿件得到的啟發、所有相逢與遭遇。

最後，在軟硬體兼施的層面上，我要謝謝家人。我們家裡一直掛著一幅漫畫，畫面上是一臺電腦對另一臺電腦說：「給我看你的軟體，我就讓你看我的硬體」。我謝謝家人給予我遐想的自由。

新人間叢書 298

瑕疵人型

作　者—林新惠
主　編—羅珊珊
責任編輯—蔡佩錦
校　對—蔡佩錦 蔡榮吉 林新惠
封面設計—Dot SRT
行銷企劃—王小樨
總編輯—胡金倫
董事長—趙政岷
出版者—時報文化出版企業股份有限公司
108019台北市和平西路三段二四〇號一至七樓
發行專線—（〇二）二三〇六—六八四二
讀者服務專線—〇八〇〇—二三一—七〇五
（〇二）二三〇四—七一〇三
讀者服務傳真—（〇二）二三〇四—六八五八
郵撥—一九三四四七二四時報文化出版公司
信箱—10899臺北華江橋郵局第九九信箱
時報悅讀網—http://www.readingtimes.com.tw
思潮線臉書—https://www.facebook.com/trendage
法律顧問—理律法律事務所　陳長文律師、李念祖律師
印　刷—家佑印刷有限公司
初版一刷—二〇二〇年五月二十二日
初版二刷—二〇二三年六月六日
定　價—新臺幣三二〇元
（缺頁或破損的書，請寄回更換）

時報文化出版公司成立於一九七五年，
並於一九九九年股票上櫃公開發行，於二〇〇八年脫離中時集團非屬旺中，
以「尊重智慧與創意的文化事業」為信念。

ISBN 978-957-13-8178-7

Printed in Taiwan

瑕疵人型 / 林新惠 著 . -- 初版 . -- 臺北市 : 時報文化 ,
2020.05
256 面 ; 14.8x21 公分 . --（新人間叢書 ; 298）

ISBN 978-957-13-8178-7（平裝）

863.57 109004818